VINCENZO SCUDERI

IL POTERE E L'ONORE

OVVERO UNA DONNA CAPO MAFIA

Youcanprint *Self-Publishing*

Titolo | Il potere e l'onore – Ovvero una donna capo mafia

Autore | Vincenzo Scuderi

ISBN | 978-88-91162-99-1

Youcanprint Self-Publishing

Via Roma, 73 – 73039 Tricase (LE) – Italy

www.youcanprint.it

info@youcanprint.it

Facebook: facebook.com/youcanprint.it

Twitter: twitter.com/youcanprintit

A mia moglie

(*) I disegni ad acquerello in copertina sono dello stesso autore

Breve trama del racconto

Questo racconto inizia con la presentazione del volume, in chiave ironica, da parte di un boss immaginario, don Franciscu, ritenuto un pezzo da novanta, comunque, scritta da chi è avvezzo a esprimersi in lingua italiana in modo sui generis. In sostanza in italiano maccheronico o made in Sicily.

La storia si svolge in uno dei paesi dell'entroterra siciliano e tratta la vita di un capo dei capi della mafia, certo don Franciscu.

Oltre al personaggio principale, boss di Cosa Nostra, la vicenda si sviluppa attorno alla figura della figlia Samantha, vedova, donna di polso, intelligente, astuta.
Alcuni furbastri cercano inutilmente di ingannarla camuffando tra l'altro, i conti, ritenendola sprovveduta proprio perché femmina.

La giovane riesce sempre e in ogni modo, abilmente, a smascherare i furfanti e a dimostrare le sue capacità pratiche di soluzione a qualsiasi problema, anche quello scabroso procurato dalla stupidità e sprovvedutezza della sorella più piccola.

Don Franciscu ha il rammarico di non avere avuto l'erede, il figlio, il maschio, cui lasciare il suo potere accumulato negli anni e la sua posizione nella famiglia di Cosa Nostra.
Pone perciò totale affidamento sulla figlia Samantha, come l'unica prosecutrice della sua attività organizzativa e della reggenza del potere mafioso dopo la sua morte.

Le propone perciò, di prendere le redini della "Famiglia", in un prossimo futuro.
La giovane dal forte carattere, pur avendone le capacità, evidenzia qualche esitazione e temporeggia nella decisione, conscia che la posizione di donna come boss, soprattutto come "capo dei capi", non era cosa da poco, dovendosi barcamenare tra l'altro, tra quel branco di uomini che non aspettavano altro, da lupi, da iene fameliche, che accentrare nelle proprie mani il potere mafioso.

Poco dopo il boss viene ucciso a tradimento e Samantha è costretta dalle circostanze alla vendetta e a prendere la gravosa decisione. Quella sua fu inattesa e inaspettata.

Precisazioni dell'autore

Mi è d'obbligo puntualizzare che Il dialetto siciliano dei personaggi rispecchia esclusivamente il mio, quello cioè che è diventato, col tempo, patrimonio personale.
Ciò che ne scaturisce è la sintesi di almeno tre dialetti: quello della provincia di Catania (Ramacca) quello dell'agrigentino (Licata), ed infine risente l'influenza, seppure impercettibile, palermitana.
Questa simbiosi può sembrare, forse, piacevole perché di ampio respiro, abbracciando più territori siciliani.
Non può certo considerarsi dialetto puro, zonale, tipico e caratteristico di un preciso e ristretto territorio.
L'esposizione del romanzo è in Italiano, mentre tra parentesi è riportato il corrispondente in dialetto siciliano.

L'autore

Una presentazione particolare

Scusate la mia intrusione, ma l'autore di questo romanzo, ha voluto, con insistenza, coinvolgermi perché facessi la presentazione di questo suo emerito, dice lui, libro.

Non riesco a spiegare perché, proprio a me, doveva disturbare.

E poi, per quale motivo affibbiare questa incombenza al sottoscritto, personaggio importante e in vista del territorio? Tutti mi conoscono come "pezzo da novanta", modestamente, il capo de capi sono e poi …

Beh … lasciamo perdere.

Mi sono chiesto come mai, con tanta gente che c'è in giro, in carne e ossa, qualificata e ben piazzata, gli sia balenata in testa, l'idea, di scomodare il boss dei boss di cosa nostra del territorio di …

Credevate che vi dicessi da dove vengo e dove vivo …? Ma ché? Mi avete preso per ebete e minchione, per caso?

Non lo sapete che queste cose sono segrete… e tali devono restare…! E poi, nel nostro ambiente … meno si parla meglio è.

Eppure, questo disgraziatissimo, quando si mette in testa una cosa…! Nessuno riesce a toglierla.

Il bello è che la richiesta me l'ha fatta non perché gli sono amico… Manco per niente … Assolutissimamente.

Per carità!

Non vuole parlare nemmeno di questo capitolo… intendevo dire … di amicizia tra me e lui. Anzi, per dire la verità, me l'ha precisato in anteprima.

Eh già! Sapete che cosa ha avuto la sfrontatezza di dirmi in faccia? Che cosa? Ve lo dico subito.

Che con me vuole prendere le dovute distanze. Sissignore! Così ha detto… Adesso lo sapete pure voi.

Ma come? Gli ho risposto… Se le cose stanno in questo modo perché ti rivolgi alla mia qualificatissima persona?

Ah… Ora, capisco il suo ragionamento… Cretino sono stato a non averci pensato prima!

Si crede che coinvolgendomi in prima persona, possa farsi pubblicità a mie spese e avere vantaggi e privilegi, annessi e connessi.

Che grande scroccone che è! Li pensa tutti i marchingegni… Se li studia pure di notte … E iddu, ca faccia tutta pulita e seria, si cridi di futtiri a mia!

Ma ancora, havi a nasciri u tiziu… E poi…? Di unni ci vinni st'idea malsana?

Tra l'altro, mancu sacciu, se mi fa arrivari alla fine di sta storia, sanu e salvu. È capaci ca c'arrivu, mortu… Accussì, che ci guadagno? Nenti! Futtutu e malapaiatu!

Eppure sfacciatamenti… ha insistito a vuliri di mia, sta cosa scritta ca chiama presentazione? Ma presentazione di che? Di sta 'nzorba…?

Ora mi venunu di diri sproloqui e poi i lettori… e ci cridu pocu ca leggiunu sti minchiati di storie, si fanu na mala opinioni e … ci rimettu puri a me faccia.

In effetti, cu iddu, fici, sutta bancu…ammucciuni diciamo così ….. una specie di patto.

Mi sono fatto promettere, che avrebbe dato spazio, in questo romanzo, alla descrizione della personalità della mia figliola amatissima Samantha.

Chidda sì, ca veramenti è na grande fimmina! E chi fimmina! Che cosa non si fa pei figli…! È veru. Qualsiasi sacrificiu.

S'arriva puri e compromessi. Di fatti, mi promisi, ca stu romanzu l'avissi inseritu assemi ad autri, del suo ciclo di "Storie di Donne Siciliane Coraggiose".

E me figghia sì ca fu ed è daveru curaggiusa! Ora u sapiti puri tutti vui, carissimi lettori e prestu vi renniti cunto chi fimmina è, liggennu sta storia ca iddu chiama di "putiri, d'onori" e iu c'aggiungu "di mafia".

Stu binidittu cristianu… Io sa bene che neanche so parlare in italiano… figuramoci a scrivere… Non so neanche che cosa significhi presentazione… prefazione…
Che sono? Per caso cose che si mangiano?

Nonostanti è a conoscenza benissimu ca nun sacciu scrivere e parru pocu, vosi incaponirsi pi aviri sti quattru paroli.

La sua richiesta, non vi nascondo, all'inizio, mi fece pure preoccupare. Un certo presentimento mi prese… Che mi volesse compromettere …!

Sarei stato più contento se mi faceva parlare che so io … di pistole … fucili … lupare …. armi bianche, nere e colorate….

Di tutti i tipi, insomma, perché se si tratta di armamenti, io sono un grande specialista e profondo conoscitore, praticone. Informatissimo.

Però fare altro…mi confondo…! Non mi sacciu arriminari…Fora du mè ambiente, sto sulle spine, a disagio e ci restu di malu sdignu.

A lui conviene, sicuramente, che sia io a fare questa benedetta "Pre… mannaggia alle parole difficili… ecco … "Presentazione"

Mi chiedo io… Che sono, per caso, un presentatore, come quelli del teatro? Perché mi ha chiesto di fare la premessa di questo romanzo?

Che è la sua, un'opera che va in scena che debba essere io a presentarla? Questo non l'ho ancora ben capito.

Sapete che gli dirò? Oramai quello che ho scritto … ho scritto. Io questo feci … e questa paginetta gli do …

Se gli piace "orrait", altrimenti, se non gli va … che la usi per … Beddamatri chi stava dicennu…!

Mi stavo sputtanando pubblicamente. Che vergogna la mia…! D'altra parte …Così sono fatto! Quando parlo, mi piace dire le cose, papale, papale … come mi vengono e come mi ispira il cuore.

Lo vedete che sono pure sentimentale anche alla mia veneranda età? E mi spercia pure scherzare con voi. Perché? Che ci trovate di strano? Vi dispiace?

Io sono un tipo raffinato, diciamo "ricercato" e raramente mi trovate in giro a passeggio per le strade. Per il mestiere che svolgo, faccio solitamente delle apparizioni e delle scomparse volute, e certe volte, obbligate mannaggia a me…

Costrette, insomma, dalle circostanze. Capitemi a volo, per favore… E poi… avete voglia di cercarmi…

Questa storia… giudicatela voi, perché io non so che minchia di figura mi ha fatto fare e non voglio nemmeno immischiarmi nelle sue cose.

Non mi va neanche conoscerla, né leggerla, perché non desidero, per nessun motivo, avvelenarmi il sangue prima del tempo.

E poi, non pensate, per carità di Dio, che ciò che ha scritto abbia a che fare e a che vedere, realmente, con quella che è la realtà di Cosa Nostra?

Neanche per idea! Assolutamente. Ma quale?

Pochissimi sunu chiddi ca a canusciunu veramenti, e vi assicuro che lui non sa neanche dove sta di casa. La sua, fu soltanto una cosuccia così… romanzata… ca facissi chù ridiri ca chiangiri.

Perciò nun va pighiati cu mia, pi favuri, se scrissi stupidati del generi. Chi ci pozzu fari? Sa pinzò accussì? Chiuddu, di testa è!

Ora, mi tocca salutarvi… Per i miei gusti, troppo ho parlato e pure assai ho scrittto.

E che non venga a nessuno di voi, in mente, l'idea, di rivolgervi a me! Questa è la prima e l'ultima volta che mi cimento con questa, diciamo annotazione.

Bacio a tutti le mani…. Devotamente. Ossequi alle gentilissime signore e signorinelle che mi leggeranno, bontà loro!

Firmato

Il boss dei boss.
Il capo dei capi

don Franciscu

IL POTERE

E

L'ONORE

OVVERO

UNA DONNA CAPO MAFIA

Personaggi in ordine di apparizione

Don Fransciscu, il capo dei capi
Don Caloiru Calogero, Caloiruzzu, il primo vice boss
Don Mimì, il secondo vice boss
Don Filicinu,Felicino, il terzo vice boss
Totinu,Totineddu, l'uomo fidato di don Franciscu
Stefania, Stefanuzza, la figlia di don Franciscu
Mamma Filumena, la moglie di don Franciscu
Samantha, la figlia maggiore di don Franciscu
Pitrinu, Bartulu e Foffò, i tre contadini
Antoniu, il cameriere fidato di casa
Il ragioniere Fifiddu, il cassiere
Rusariu, il figlio del pecoraio
Il dottore Adalberto Frasca de Paolis, l'avvocato dei boss
I dodici boss: 1.don Pasquale; 2. don Nicolau; 3. don Pepè;
4. don Fifiddu; 5. don Pauluzzu; 6. don Franchineddu;
7. don Santinu; 8. don Cecè; 9. don Rosariu;
10. don Addoloratu; 11.don Ciccinu; 12. don Carmilinu

L'assonanza

Quel giorno, il capo dei capi di Cosa Nostra, don Franciscu, severo, rigoroso e fissato nei suoi principi e regole di quella che considerava la "sua famiglia", esordì con queste parole davanti ai suoi fidati, in particolare al boss don Caloiru.

-        L'onore.
L'onore!
Che vi pare una parola facile e semplice?
Cos'è quest'abuso che fate di questa parola?
La usate troppo spesso.
Voi non siete autorizzati a pronunziarla!
Lo conoscete almeno il vero significato?
Soltanto io so il concetto e solo io devo proferire e gestirlo.
Chi meglio di me può sapere cosa significa?
Potrei arrivare a dire che questa parola l'ho inventata proprio io.
Soltanto io posso enunciarla.
Tu, per esempio, Calogero che sei cresciuto tra le mie braccia!
Dimmi, che ne sai?
Ti ho allevato come un cagnolino fedele.
Di te conosco ciò che pensi e che ti passa per la testa prima che ti esprimi e rifletta.
Con l'occasione devo dirti, per favore, quando parli, ragiona e non fare mai il contrario!
Tu ho voluto con me, perché conosco la tua storia e quella della buonanima di tuo padre che, pace all'anima sua, ha fatto una buona, anzi, onorevole morte.

(L'onuri.
L'onuri!
Chi vi pari na parola facili e semplici?
Ch'è sta parola ca usati troppu spessu?
Vui nun ni putiti fari troppu abusu!
Ma u sapiti u veru sensu?
Sulu iu sacciu chi significa e sulu iu l'haiu a pronunziari e gestiri.
Cu u po' sapiri megghiu di mia chi vordiri?
Putissi diri ca sta parola l'invintai propriu iu.
Iu sulu a pozzu pronunziari
Tu Caloiru, criscisti ni me razza.
Dimmi chi ni sai?
T'haiu addivatu comun u canuzzu fideli e canusciu di tia chiddu ca pensi e chiddu ca ti passa na testa prima ca parri.
Cu l'occasioni, t'haiu a diri, pi favuri, quannu dici na parola, riflettici prima, e nun fari mai o cuntrariu!
Ti vosi cu mia, pirchì canusciu a to storia e chidda du bon'arma di to patri ca, paci all'anima sò, fici na bona morti onorevoli.)

-        Ma è morto ammazzato!

(Ma morsi ammazzatu!)

\-   E allora?
Non fa nulla!
Sempre una morte onorata fu!
Morì per il bene nostro e per l'onore appunto di tutta la famiglia.
Ti sembra cosa da poco?
Questo io non lo scorderò.
Ha pagato con la vita la causa di tutti!
La nostra ragione, quella che ci vede faticare, per avere rispetto, potere, in questa società di merda, dove noi, grazie ai nostri sacrifici spesi sino all'estremo, ci possiamo permettere di prenderci quello che vogliamo e come vogliamo.
Questioni di tempo è!
Poi, con l'ausilio degli amici e con tutti gli altri sistemi di nostra conoscenza, in questa società di merda, ci serviamo con le nostre stesse mani.
Chi non rispetta i patti, quelli "d'onore", la fine che fa, e che dovrà fare, è una soltanto, e non si dice.

(E allura?
Nenti ci fa!
Sempri na morti onorata fu!
Murì pu beni nostru e pi l'unuri e di tutta a famighia.
Ti pari nenti?
Chistu iu nun l'haiu scurdatu.
Ci rimisi a so vita pa causa di tutti.
A "nostra" causa, chidda ca ni vidi travagghiari, pi aviri rispettu, poteri, onori, ni sta società di merda, unni nui, grazie a nostri sacrifici, spisi finu all'urtuma goccia di sangu, ni putemu permettiri di pighiari chiddu ca vulemu e comi vulemu.
Questioni di tempu è!
Poi, cu l'accordu dill'amici e cu tutti l'autri sistemi, ni sirvemu chi nostri stessi manu.
Cu nun rispetta i patti, chiddi "d'onuri", a fini ca hava a fari è una e una sula e nun si dici.)

\-   Perché non si deve dire?
Non è meglio che tutti sappiano qual è il nostro modo di fare?

(E pirchì nun s'ava a diri?
Nun è megghiu ca tutti sanu qual'è u nostru stili di fari?)

\-   Le parole, ti devi rammentare ragazzo disgraziato, sono preziose come l'oro e i soldi.
Quando si apre la bocca è come se si spendessero denari.
Come se mettessimo le mani in tasca e pagassimo in contanti.
Minchia, come te lo devo dire?
Ascolta me che conosco come vanno le cose della vita.
Ti conviene contare sempre quante parole dici
Meno parli e meno ti costano.
Lo hai capito o no?
E poi che vuoi farci caro mio!
Il rischio è il nostro pane quotidiano.
È così.

Però, il nostro mestiere, lo sappiamo fare bene.
Altrimenti cos'altro faremmo?
Chi non tiene gli occhi aperti rischia di farsi fottere.
Fa la fine da imbecille chi è rincoglionito.
Io te l'ho insegnato come ti devi muovere nel nostro ambiente.
Ti ho fatto conoscere i segreti di "Cosa Nostra".
Adesso che sai tutto, ricordati che mi devi stare vicino, come l'edera al suo muro e se cade una foglia della mia vita, tienilo presente, prima caschi tu, con tutti i tuoi comparuzzi.
Cosa credi?
Conosco ogni cosa di te.
Vengo a sapere fin'anche come riesci a gestire, per conto tuo, certo affarucci, personali.

(I paroli, t'ha ricurdari carusazzu disgraziatu, sunu preziosi comu l'oru e i sordi.
Quannu si rapi a ucca còstunu picciuli!
Si pananu!
Comu ti l'haiu a dire?
Ascuta a mia ca i sacciu i cosi di sta vita comu vanu!
Perciò cunta quanti paroli dici!
Menu parri e menu ti costunu.
U capisti o no?
E poi, chi vo fari figghiu beddu!
U rischiu è u nostru misteri.
È chistu…
U nostru misteri u sapemu fari beni.
Chi autru putemu fari megghiu?
Cu nun teni l'occhi aperti rischia di farisi futtiri.
Fa a fini ca havi a fari cu è rincoglionitu.
Iu t'haiu 'mparatu comu t'ha riminari nu nostru ambienti.
Ti fici canusciri tutti i segreti di "Cosa Nostra".
Ora ca sai tuttu, m'ha stari vicinu, comu l'edera o so muru e si casca na foghia da me vita, ricordatillu, prima caschi tu, cu tutti i to cumparuzzi.
Iu di te, ogni cosa canusciu e sacciu, puri u comu e u pirchì.
Tuttu vegnu a sapiri macari comu gestisci pi cuntu tò, certi affaruzzi.)

-       Eppure, mai nulla facciamo alle vostre spalle don Franciscu.
Ve lo assicuro.

(Ma nui, mai nenti facemu e vostri spaddi, don Franciscu.
Vi l'assicuru.)

-       Tu non m'assicuri na vera minchia!
Non voglio conoscere, né sapere nulla, e così pretendo che quegli sventurati amici tuoi, non sappiano mai com'è il nostro ambiente.
Soltanto voialtri lo dovete sapere.
Io… io sono il capo.
Quanto sangue ho visto scorrere davanti ai miei occhi non lo posso neanche dire.

Adesso anche se ho i capelli bianchi e questa mia schiena è curvata dalla malattia, mi sento lo stesso, addosso, la forza di un giovane.
Taluni cosiddetti picciotti aspettano la mia morte.
Alla faccia loro se muoio!
E non morirò proprio per fare un dispetto a quegli svergognati e figli di...
Adesso non mi fate parlare troppo.
Non mi fate dire brutte parole di prima mattina.
Ancora, vi posso assicurare, che mi sento in grado di piegare i più grossi cosiddetti galantuomini che dicono, a parole, di stare ai miei comandi.
Ai miei piedi si devono mettere e cadere tutti sotto le mie grinfie, strisciare per terra e domandare perdono e pietà.
Quei tempi ancora devono venire.
Verranno.
Sì che verranno.
Arriveranno duri e spietati.
Ve lo assicuro io che verranno presto ...
E se ve lo dice il capo dei capi, don Franciscu credeteci, e se volete, potete anche mettere la mano sul fuoco.
Piuttosto, ricordatevi che quando dico mezza parola, quella si deve eseguire e non c'è altro da discutere.
Tu Calogero mantieniti fedele e non farti abbindolare da quelli che si dichiarano amici tuoi che sicuramente ti porteranno sulla cattiva strada.
Non allontanarti da me perché potresti fare una cattiva fine.
Te lo dico per il tuo bene.
Chiaro e tondo.
Così non ci saranno malintesi per l'avvenire.

(Tu non m'assicuri na minchia!
Iu nun vogghiu canusciri, né sapiri nenti, comu accussi, pretendu ca chiddi sventurati amici tò, nun sappianu mai com'è u nostru ambienti.
Sulu vuiautri haviti a sapiri!
Iu... iu sugnu u capu.
Quantu sangu haiu vistu scurriri davanti a mia nu pozzu cuntari.
Ora macari ca haiu i capiddi ianchi e sta schina curvata da malatia, mi sentu di supra ancora a forza di nu picciutteddu.
Na picca di picciotti aspettanu ca iu moru.
A facci so se iu moru!
E nun moru propriu pi fari nu dispettu a chiddi svriugnati e figli di...
Nun mi faciti parrari assai.
Nun mi faciti diri mali paroli di prima matina.
Iu, ancora, haviti a spairi ca... sugnu capaci di piegari i chiù grossi e putenti galantoni ca diciunu, a paroli, di stari e me cumanni.
Ma e me pedi s'hana a mettini, inginocchiari e cascari tutti sutta di mia, stricari 'nterra e dummannari perdono e pietà.
I tempi ancora hana a veniri...
Ma verrannu...
Verrannu chiddi tinti e niuri.
Vu dicu iu che venunu prestu...

E si vu dici u capu de capi, don Franciscu, ci putiti cridiri e ci putiti mettiri a manu nu focu
Chiuttostu, ricurdativi ca quannu dicu menza parola, chidda s'hava a fari e nun c'è via d'uscita.
Tu Caloiru, manteniti fideli e nun ti fari cunnuciri u cirveddu di chiddi ca ti diciunu d'essiri amici tò, ca ti portunu a mala strata.
Nun t'alluntanari di mia ca po fari na mala fini.
Tu dicu pu tò beni, chiaru e tunnu, accussi nun ci sunu malintesi pi l'avveniri)

-        Con tutto il rispetto che vi devo, aggiunse il secondo vice boss don Mimì, mi sembra che stamattina voi siate un tantino incazzato.
Non ve la prendete con noi che siamo soltanto vostri servitori e mai abbiamo discusso minimamente i vostri comandi.
È vero ragazzi?)

(Cu tuttu ripettu, don Franciscu, aggiunse il secondo vice boss, don Mimì, mi pari ca siti tanticchedda incazzatu.
Ma nun va pighiati cu nui ca semu sulu servi vostri e mai hamu discussu nenti di nenti.
E' veru picciotti?)

-        E voi sempre così dovete fare.
Sempre!
State attenti a come vi muovete perché vi riconosco dalla vostra puzza e da come vi muovete.
Dal momento in cui metterete i piedi fuori da questa casa, verrò a sapere quante volte avete fiatato, pisciato e quante frasi avete pronunciato.
Vedo e sento tutto.
Anche a cento chilometri di distanza.
Ci siamo spiegati?

(E accussì haviti a fari.
Sempri!
Stati attenti a comu v'arriminati pirchì vi canusciu u sciavuru e di comu vi muviti.
Già, appena mittiti i pedi fora di sta casa vegnu a sapiri, subitu, quanti voti aviti sciatatu, pisciatu e quanti frasi aviti dittu.
Vidu e sentu tuttu.
Puri a centu chilometri di distanza.
Ni capemmu?)

-        Che vuol dire don Franciscu?
Ci volete, forse, minacciare?
Ho l'impressione che soffriate della malattia dell'onnipotenza.
Lo riconosciamo che voi siete il capo indiscusso però, fare certi discorsi come se foste Domineddio!
Non siamo certo uomini da quattro soldi!
Non mi pare, il vostro, un discorso da vero capo.
Noi poveretti senza voscenza non siamo in grado di fare un'emerita minchia di nulla.

Il capo voi siete.

Chi dice nulla?

Chi l'ha mai messo in dubbio?

I nostri ragazzi, aspettano sempre i vostri comandi e non vedono l'ora di fare il loro dovere per accontentare a vossia don Franciscu.

Lo sanno che con voscenza ci guadagnano in sovrabbondanza e per questo, stanno sempre zitti, mai un lamento, mai un'osservazione.

Questo, a dire il vero, va a vostro onore e dimostra che sapete gestire bene tutta a nostra società d'onore e di alleanza, fatta di regole, devozione, sudditanza assoluta.

(E che, don Franciscu...

Ni vuliti minacciari?

Mi pari ca suffriti da malatia dill'onnipotenza.

U sapemu ca vui siti nu capu indiscussu, però faciti certi discursi comu si vui fussi dominiddiu!

Chi semu homini di quattru sordi?

Non mi pari discursu fattu d'un veru capu.

Nui puvireddi, senza voscenza, non semu in gradu di fari na minchia di nenti!

U capu vui siti...

E cu dici cosa?

Cu u metti in dubbiu?

I nostri picciotti, aspettanu sempri i vostri cumanni e nun vidunu l'ura di fari u so doveri, p'accuntintari a vossia, don Franciscu.

U sanu, ca cu voscenza, ci guadagnanu e in sovrabbondanza e pi chissu, sempri muti stanu e mai un lamentu e mai un'osservazioni!

Chistu, a diri a verità, va, a vostru onuri, ca sapiti gestiri tutta sta nostra società d'onori e di alleanza, di regoli, devozioni e sudditanza assoluta.)

-       Ehi tu, adesso dico propri a te!

Non parli don Filicino? Replicò il capo dei capi, con un tono sferzante.

Mi sembrate, oggi, più silenzioso del solito.

Aspettate il mio permesso per aprire la vostra bocca?

Parlate.

Non abbiate timore ed anche vecchio come sono, l'udito, ancora l'ho buono.

Raccontatemi piuttosto!

Cosa si dice lì fuori?

Lo so cosa vanno sostenendo certe teste!

Quei giovincelli di primo pelo, sembra stiano scalpitando per avere nelle mani un po' di potere.

Dicono... don Francisco è anziano.

Don Francisco sta rincoglionendo!

Don Franciscu oramai è sorpassato.

Don Fransciscu è questo... quello e quell'altro!

È vero o no che circolano queste frasi?

Sarei proprio curioso di sapere chi è costui che le mette in giro queste belle chiacchiere!

Questa brava persona che parla male, così, alle mie spalle, avrebbe bisogno, quantomeno, d'avere la lingua tagliata, perché come potete capire, ce l'ha troppo lunga.

Dico a voi don Felicino!
Non sapete proprio nulla di queste cattive notizie che circolano nel nostro ambiente?
Che ne pensate?

(E tu?
Dicu ora propriu a tia!
Nun parri tu don Filicinu? Riprese, il capo dei capi con un tono sferzante.
Mi pariti oggi chiù silinziusu du solitu.
Aspittati u me pirmissu pi rapiri a vostra vucca?
Parrati e nun aviti timuri, ca puri vecciu comu sugnu, ancora a 'ntisa ci l'haiu bona.
Dicitimi chiuttostu.
Chi si dici 'dda fora?
U sacciu chi vanu dicennu certuni!
Chiddi giovincelli di primu pilu ca stannu scalpitannu p'aviri u poteri.
Diciunu… don Franscisu è anzianu.
Don Francescu sta rincogliunennu!
Don Franciscu oramai e sorpassatu…
Don Franciscu e chistu, chiustu e chist'autru!
È veru o no ca circulanu sti frasi?
Fussi curiusu di sapiri cu è ca i metti in giru sti beddi chiacchieri.
Sta brava pirsuna, ca sparla accussì, e me spaddi, avissi bisognu, quantu menu, d'aviri a lingua taghiata, pirchì comu putiti capiri, ci l'havi troppu longa.
Dicu a vui, don Filicinu!
Nun sapiti propriu nenti di sti malanovi ca circulanu nu nostru ambienti?
Chi ni pinsati?)

-       Che cosa vi devo aggiungere carissimo e stimatissimo don Franciscu!
Proprio a voi che dite di sapere tutto!
Le male lingue ci sono sempre state e sempre ci saranno… dappertutto e se uno va dietro a queste minchiate, vuol dire che ha tempo da perdere oppure sta invecchiando.
La voglia di ascoltarle… io non ce l'ho!
Il mio stile è di tirare dritto nella mia strada e non vado certo sentendo nulla di ciò che si dice a destra e a sinistra.
Lascio perdere le chiacchiere perché a me non interessano.
Il capo, lo sappiamo tutti, siete voi, don Francisco e se avete bisogno di una prova di fedeltà, siamo pronti a rinnovare, in qualsiasi momento, il nostro giuramento.

(Chi vi devu diri, carissimu e stimatissimo don Franciscu!
Vistu ca vui sapiti tuttu!
I mala lingua ci sunu sempri stati e sempri ci sarannu… da pertutto e se unu va arrè a sti minchiati, vordiri ca havi tempu di perdiri e sta invecchiannu.
A vogghia di sintiri… iu, nun ci l'haiu.
Tiru drittu na me strata e nun vaiu sintennu nenti di chiddu ca diciunu a destra e a sinistra.
Lassu stari i chiacchiri perchì a mia nun mi riguardano.
U capu, u sapemu tutti, siti vui, don Franciscu e se aviti bisognu di na prova di fedeltà, semu pronti a rinnovari ogni mumentu ca vuliti, u nostru giuramentu.)

-        E no! Carissimo don Felicino!
Avete detto un'eresia.
Il giuramento che si fa è uno e uno solo!
Una sola volta avviene.
Non ce ne sono altri
Quello fu l'unico.
Il primo e l'ultimo.
Il sacro e l'irrepetibile.
Sbagliate molto quando parlate di rinnovare.
E che cosa c'è da rinnovare quando già, a suo tempo, fu detto e giurato tutto quello
che era necessario?

(E no! Carissimu Don Filicinu!
Diciti n'eresia!
U giuramentu è unu e unu sulu!
Na vota sula si fa!
Nun ci n'è autri.
Chiddu, fu l'unicu, u primu e l'urtunu.
U sacru!
Sbaghiati assai, quannu parrati di rinnuvari…
E chi c'è di rinnovari, quannu già fu dittu e giurati chiddu ca c'era da giurari?)

-        Lo so don Franciscu mio!
Lo so.
Lo dicevo per voscenza!
Per tranquillizzarvi sulla nostra indiscussa fedeltà e subordinazione.
Non si può certo mettere in dubbio la vostra supremazia!
Per carità di Dio!
Vorremmo che voscenza campasse altri cento anni!
Noi, mai, abbiamo pensato cose che voi stesso non avete ordinato.

(U sacciu don Franciscu miu…
U sacciu!
Ma iu u diciva pi voscenza!
Pi tranquillizzarivi supra a notra indiscussa fedeltà e subordinazioni.
Che si po mettiri in dubbiu a vostra supremazia?
Pi carità di Diu!
Vulissimu ca voscenza campassi autri cent'anni!
Nui, mai hhavemu pinzatu diversamenti da comu vui stissu havitu vulutu.)

-        Lo vedete comparuzzo bello!
Quando parlate così, mi sembra che ragioniate bene e con l'intelletto.
Quando volete, la vostra testa, la sapete usare bene.
Eppure, sapete, alle mie orecchie, sono pervenute certe notizie che affermano il
contrario di quello che voi avete detto.
Qualche uccellino è venuto a riferirmi che da quelle parti del rione Palma, proprio
quello che voi stesso frequentate, si dicono altre cose.
Circolano notizie sulla mia salute come se avessi i piedi nella fossa.
Eppure, voi stessi, con i vostri occhi, non mi state forse vedendo?

Vi do l'impressione d'essere morto?
Allora, sono un morto che parla?
Ditemelo voi.
Come mi vedete?
Vivo oppure morto?
Rispondetemi voi don Calogero, che siete il più giovane di questa allegra brigata.
Come mi considerate, anzi come mi vedete?

(U viditi cunparuzzu beddu!
Quannu parrati accussì, mi pari ca ragiunati beni e cull'intellettu.
Quannu vuliti, a vostra testa, a sapiti usari beni.
Eppuri, sapiti ca e me auricci, hanu arrivatu certi notizie all'incontrariu.
Cocche acidduzzu, mi vinni a rifiriri ca 'dda banna, nu rioni di Palmi, ca vui stissu
frequentati, si diciunu autri cosi.
Circulanu notizie, supra a me saluti… comu se avissi i pedi na fossa.
Eppuri, vui stissu, chi vostri occhi nun mi stati vidennu?
Chi vi paru mortu?
Allura sugnu nu mortu ca parra?
Dicitammillu!
Comu mi viditi?
Vivu o mortu?
Rispunnitimi vui, don Caloiru, ca siti u chiù giovani di sta brigata.
Comu mi considerati anzi, comu mi viditi?)

-       Per favore, don Franciscu - intervenne don Caloiru –
Che volete intendere?
Mi volete sfottere?
Mi fare pure sorridere
Sospettate per caso di me?
Secondo voi sono il tipo che vado dicendo in giro che vossia?
Neanche dovete pensarci minimamente.
L'avete detto voi che sono cresciuto nelle vostre braccia e sotto la vostra
protezione.
Come potrei fare una cosa simile?

(Pì favuri don Franciscu - intervenne don Caloiru - Chi vuliti intendiri?
Chiffà?
Mi vuliti cughiunari?
Mi faciti puri arridiri…
Suspittati forsi di mia?
Secunnu vui, chi sugnu tipu ca vaiu dicennu in giru, ca vossia?
Nun c'haviti a pinzani pi nenti.
L'aviti dittu vui ca iu haiu crisciutu ni vostri razza e sutta i vostri cumanni.
Comu putissi fari na cosa simili?)

-       Ed io cosa ho detto?
Che sei stato tu, don Calogero, a mettere in giro questa cattiva disgrazia?
Piuttosto, quel personaggio che mi ha fatto questo tradimento, oramai, lo sa che ha
le ore contate.

(E iu chi haiu dittu?
Ca fusti tu don Caloiruzzu a mettiri in giru sti mali disgrazi?
Chiuttostu, chiddu persunaggiu che mi fici sta bedda parti, oramai, u sapi ca havi l'uri cuntati.)

\-   Bene! Dite bene – Aggiunse don Filicino.
Chi sbaglia paga!
La regola è questa e non c'è scampo!

(Giustu.
Diciti propriu giustu - Aggiunse don Filicinu.
Cu sbagghia paga!
A regola è chista e nun c'è scampo.)

\-   Adesso, se volete, concluse don Franciscu, ve ne potete pure andare tranquilli.
Questa bella chiacchierata l'ho voluta fare con grande piacere tra amici fidati.
Lo capite!
Se non si discute tra di noi, con chi si deve confidare un vecchio come me?
Non posso certo parlare col muro?
Sarei matto!
Grazie.
Grazie veramente.
Sono proprio contento di voi.
Lo so che posso contare sulla vostra fedeltà!
Adesso vi saluto.
Ho da fare un'operazione importante.
Mia moglie Filomena mi ha detto che all'orario mi deve portare le pillole.
Lo sapete come sono fatte le donne?
Sono assillanti.
Se non facciamo come comandano loro, non ci lasciano in pace, ed io che sono un tipo mansueto e rispettoso, eseguo sempre quello che lei mi ordina.
Che posso farci?
Anch'io ho il mio capo e la padrona cui dare conto.
La vedete?
Adesso sta arrivando.
Che vi dicevo?
Guardatela con il bicchiere in mano pieno d'acqua!
Comincia prima con le pillole della pressione, poi quelle per il cuore… per il diabete.
Qualche volta, se mi gira la testa, quello che mi prescriverà il medico, lo manderò a fare in culo e butterò tutto all'aria.
Arrivederci amici miei!
A presto, se Dio vuole.

(Ora, si vuliti, concluse don Franciscu, vi ni putiti iri tranquilli.
Sta bedda chiacchierata, a vosi fari cu piaciri, tra amici fidati.
Chi vuliti!
Si nun si parra tra di nui, cu cui s'hava a cunfidari nu vecciu comu a mia?
Non pozzu certu parrari o muru?

Fussi pazzu!
Grazie.
Grazie veramenti assai.
Sugnu propriu cuntentu di vui.
U sacciu ca pozzu cuntari supra a vostra fedeltà.
Ora vi salutu.
Haiu a fari n'operazioni importanti.
Me mugheni Filomena mi dissi ca all'orariu m'ha purtari i pinnuli.
Sapiti comu sunu i fimmini?
Sunu 'nziccusi.
Si nun facemu comu diciuni iddi, nun ni lassanu in paci, ed iu ca sugnu mansuetu e rispettusu, fazzu sempri chiddu ca mi cumanna me muggheri.
Chi vuliti?
Puri iu, c'haiu u me capu, a me patruna e cui dari cuntu.
A Viditi?
Ora sta vinennu?
Chi vi dicevu!
Taliatala cu bichieri in manu cu l'acqua!
Accumincia prima chi pinnuli pa pressioni, poi chiddi pu cori... pu diabeti.
Quarche vota, quannu mi gira a testa, chiddu ca dici u dutturi u mannu a fari 'nculu e iettu tuttu all'aria.
Arrivederi amici mei!
A prestu si di Diu voli!)

-        Baciamo le mani a vossia!

(Vasamu i manu a vossia.)

-        Totino, Totineddu!
Disgraziato, vecchio mio!
Dove sei finito?
Che fai, ti nascondi?
Vieni subito perché devo comandarti di eseguire una cosa importante.

(Totinu, Tutineddu!
Disgraziatu.
Vecciu miu!
Unni sì?
Chiffà?
Ti va mucci?
Veni, subitu ca t'haiu a parrari di cosi assai importanti.)

-        Che cosa volete?
Sono pronto al vostro servizio!
Che cosa avete di bisogno?
Parlate e comandate.

(Che c'è!
A serviziu vostru sugnu!

C'haviti bisognu.
Parrati e cumannati.)

-        Lasciate perdere queste parole inutili.
Il tono che usi tu, certe volte, mi sembra di sfottimento.

(Lassari perdiri sti paroli inutili.
U tonu ca usi tu, certi voti, mi pari di sputtimentu.)

-        Che cosa mai andate pensando don Franciscu.
Vergine santa!
Quando mai mancarvi di rispetto!
Neanche per idea.
Se dite queste cose mi offendete.

(Ma chi hiti pinsannu don Franciscu?
Beddamatri!
Quannu mai, iu, pinzari di mancarivi minimamenti di rispettu.
Mancu pi idea.
Si diciti sti cosi m'offennu.)

-        Di nuovo con questo tono?
La volete finire o no una volta per tutte?
Volete farmi incazzare di prima mattina?
Sbrigati e muovetevi il culo.
Ti devo dare un'incombenza.

(Arrè cu stu tonu?
A vuliti finiri o no?
Mi vuliti fari incazzari di prima matina?
Allestiti e arriminiti u culu.
T'ha dari n'incombenza.)

-        Parlate pure don Franciscu carissimo.
Sono tutti orecchi.

(Parrassi, don Franciscu carissimu.
Sugnu tutt'auricci.)

-        Prenota una bella corona, una ghirlanda, come la chiami tu, di fiori per un morto.
Che sia di quella buona e importante!
Dite che la tenga pronta per dopodomani.
Un amico nostro, di quelli a noi cari, volerà in paradiso.
È giusto che l'accompagniamo con tutti gli onori e il massimo cordoglio.

(Prenota na bedda curura, na ghirlanda inzumma, comu a chiami tu, di sciuri pi mortu.
Di chidda bona e importanti!

Dicitaccillu ca a teni pronta pi dopu dumani.
N'amico nostru, di chiddi stritti, si ni và in paradisu.
È giustu ca l'accumpagnamu cu tutti l'onori e grande cordoglio.)

-        Chi è morto don Franciscu?
Che dispiacere mi state dando.
Poveretto.
Qual è il suo nome?
Che cosa devo fare scrivere nel nastro?

(Ci è ca morsi don Franciscu?
Chi dispiaceri mi dati!
Mischineddu!
Qual'è u so nomi?
Chi c'haiu a fari scriviri nu nastru?)

-        Per ora, non è il momento di fare nome.
Comunque, ti dico soltanto che alla famiglia di don Felicino, quanto prima andremo
a fare una visita… di condoglianze.

(Pi ora nun è mumentu di fari nome.
Comunque a famiglia di don Filicinu quantu prima c'hama a ghiri a fari na visita di…
condoglianze.)

-        Come mai don Franciscu?
Se don Felicinu è uscito proprio ora da questa casa in carne ed ossa?
Come può essere che…

(Ma comu don Franciscu!
Si don Filicinu nisciu propriu ora di sta casa in carni e ossa?
Comu po' esseri ca …)

-        Che mala creanza è la tua!
Quanto parli?
Sei sempre lo stesso!
Quante volte ti devo dire, che ti spetta parlare soltanto quando "piscia" la gallina.
Ti ho detto forse di proferire parola?
Sei o no un uomo fedele?
E allora?
Fa piuttosto bene questo tuo maledetto mestiere.
Esegui quello che ti dico senza fiatare.
Va bene?

(Camurria quantu parri!
Sì sempri u stissu!
Quanti voti t'haiu a diri ca tu ha rapiri a vucca sulu quannu piscia a gaddina?
Chi t'haiu dittu?
Forsi di parrari?
Sei o no n'homu fedeli?

E allura?
Fai stu malidittu ufficiu.
Fai chiddu ca ti dicu e nun fiatari.
Va bene?)

-        Come vuole vossignoria!
Scusatemi.
Sono veramente imperdonabile.
Lo riconosco veramente.

(Comi voli voscenza!
Scusatimi.
Sugnu na perfetta cosa inutili.
U ricanusciu veramenti.)

La domenica seguente, mentre don Franciscu aspettava all'ingresso della sua casa che scendesse da sopra la consorte per andare alla messa, arriva la figlia Stefania.

Un tipo con i capelli biondi riccioluti e truccatissima, con quell'aria svampita e sciocca, per non dire stupida credulona e antipatica, con la testa sempre in aria.

-        Figlia adorata, dimmi una cosa ... tua madre ancora deve scendere?
La messa sta per cominciare e lei ancora, come al solito, mi fa aspettare.
Se non arriva subito, me ne andrò da solo e la lascerò in asso.
È una vita che mi fa attendere, come un broccolo, davanti alla porta e si sbriga soltanto all'ultimo minuto.
Si può campare cosi?
Tu Stefania adesso fatti vedere bene da tuo papà.
Come ti sei combinata?
Truccata così sembri un mulo parato.
Te ne devi andare per caso alla fiera del lunedì, quella di Catania?
Vai!Togliti tutta questa cera e questo trucco dalla faccia perché a messa dobbiamo andare e non a teatro.
Mi fai venire la vergogna.
Comportati, una volta tanto, come una persona seria.
È possibile che ancora alla tua età, questi suggerimenti da femmine, li debba dare sempre io.
Tua madre mai nulla ti dice?
Non capisco un cazzo come può permetterti certe cose sconvenienti.
Non c'è proprio religione!
Non ti sa consigliare?
Che minchia ci sta a fare?

(Figghiuzza adurata, dimmi na cosa... to matri ancora ha scinniri?
Già a missa sta pi cuminciari e idda ancora mi fa aspittari.
Si nun cumpari subbitu mi ni vaui sulu e a lassu in tridici.
Havi na vita ca mi fa aspittari comu un trunzu davanti a porta e s'alliberti sulu all'urtimu munutu.
Si po' campari accussì?

Tu Stefanedda du me cori fatti taliari bonu.
Comu ti cumminasti?
Tingiuta comu sì pari nu mulu paratu.
Ti n'ha ghiri forsi a fera o luni di Catania?
Va!
Leviti tutta sta cira e stu truccu ca hai ni sta facci pirchì a missa hhavemu a ghiri e non o teatru.
Mi fa viniri a vriogna.
Fa, pi na vota, a pirsuna seria.
Po essiri ca ancora, a tò età, sti cosi di fimmini ti l'haiu a diri sempri iu?
To mà mai nenti ti dici?
Nun capisciu nu cazzi comu po' pirmettiri certi cosi sconvenienti.
Nun c'è propriu chiù religioni!
Nun ti cunsighia?
Chi minghia ci sta a fari)

-       Cos'hai che ti lamenti sempre, marito disgraziato – disse mamma Filumena –
Hai sempre dentro la tua bocca il mio nome e mi critichi in ogni cosa.
Dici parolacce come se io fossi la più bassa cameriera di questa casa.
La vuoi smettere o m'incazzo di buona maniera?
Se faccio una cosa, ti lamenti.
Se non la faccio mi critichi lo stesso.
La vuoi finire una buona volta?
Stai diventando veramente un vecchio rimbambito.
Il bello è che con te devo combatterci sempre io.
Dico che mi devo prendere le ferie per starmene lontana da te, poi non lo faccio.
So d'essere io stessa una disgraziata perché non mantengo mai quello che dico.
Adesso mi stai facendo incazzare veramente.
Che cosa vuoi criticare, questa volta, di tua figlia?
Vediamo un po'!
Così com'è combinata, per me, va bene.
Un poco di colore in faccia ci vuole.
Oggi, così si usa!
Che cosa credi, d'essere ai tempi tuoi?
Oggigiorno le donne senza il trucco non vanno da nessuna parte.
Lo hai capito o no che ti devi aggiornare?
Altrimenti gli uomini non la guardano questa nostra figliola.
È bella e profumata come un fiore che sta per sbocciare.
Si vuole maritare.
Sta spasimando.
Si vuole, diciamo, accoppiare.
Non t'accorgi quant'è nervosa?
Com'è possibile che un padre snaturato come te non si renda conto che sua figlia è vogliosa.
Sei proprio senza coscienza!

(Chi c'è ca ti lameti sempri maritu miu disgraziatu, disse mamma Filumena, nel frattempo arrivata.
C'hai sempri dintra a to vucca u me nomi e mi critichi pi ogni cosa.

Mi dici mali paroli comu si fussi a chiù tinta criata di sta casa.
A vo smettiri o m'incazzu di bunu?
Si fazzu na cosa, ti lamenti; se na fazzu mi critichi o stessu.
A vo finiri?
Mi fa gonfiari…
Stai divintannu veramenti nu vecciu rimbambitu.
U bellu è, ca cu tia, c'haiu a cummattiri sempri iu.
Dicu sempri ca m'haiu a pighiari i feri, pi stati un pocu luntanedda ma mai ca u fazzu.
Iu stessa, sugnu disgraziata e mi fazzu schifu pirchì nun mantegnu mai a promessa.
Ma ora mi stai facennu incazari veramenti.
Chi ci vo diri di to figghia?
Videmu!
Accussì com'è cumminata pi mia bene stava!
Un pocu di culuri in facciata ci voli.
Oggi accussì si usa.
Ti cridi d'essiri e to tempi?
I fimmini, senza culuri, nun vanu a nudda banna?
U capisti o no ca t'aggiornari?
Se nò l'homini nun la talianu a sta figghiuzza.
È bedda e sciaurusa comu nu sciuri ca stava sbucciannu.
Del restu sta nostra figghia si voli maritari.
Sta spasimannu.
Si voli accoppiari.
N'ha vidi com'è nirvusa?
Come po' esseri ca un patri snaturatu comu a tia nun s'accorgi ca so figghia è sempri accalurata?
Sì propriu scuscinziatu.)

-       Che cosa vai dicendo?
Come parli?
Di tua figlia dici queste cose?
È forse un animale che usi queste frasi?

(Chi vai dicennu?
Comu parri?
Di to figghia dici sti cosi?
Chi è n'armali ca usi sti frasi?)

-       Dimmi quello che vuoi ma la ragazza ha la frenesia addosso.
Non la posso tenere più.
La mattina, gira per la casa, come se cercasse chissà che cosa!
Sta davanti allo specchio e perde tempo quando invece potrebbe sbrigare altre faccende di casa.
Come si può andare avanti così?

(Dimmi chiddu ca vò, ma idda, frìnisia.
Nun la pozzu teniri chiù.
A matina gira e rigira pa casa comu si circassi cu sapi chi cosa!

Sta davanti o specchio e perdi tempu quannu inveci putissi fari tanti surbiza.
Comnu si po' ghiri avanti accussi?)

-        Non preoccuparti perché ci sto pensando.
Infatti, ho in mente di organizzare la prossima festa di compleanno di questa mia figlia disgraziata, così vedremo, se è possibile, procurargli un fidanzato, di quelli che vanno al caso nostro.
In questo modo forse si calmerà!

(Nun ti dari accura ca ci staiu pinsannu.
Tant'è ca haiu in testa di organizzari na festa di compleannu pi sta bedda disgraziata, accussi videmu se ci putemu truvaru nu zitu, tra di chiddi ca vanu o casu nostru.
Accussì a facemu carmari.)

-        Al caso nostro dici?
Quella vuole un uomo che sceglierà di persona.
Che cosa ti sei messo in testa?
D'essere ancora come ai tempi passati?
Lo sai che tipo è Stefania.
Sembra che abbia proprio in questo periodo il diavolo in corpo.
Non sta mai ferma.
Chissà da chi ha preso come carattere?

(O casu nostru?
Chista volu unu ca decidi idda?
Chi ti mittisti in testa?
Ti pari ca semu e tempi antichi?
U sai chi tipu è Stafanuzza.
Propriu, pari, ca ni sti iorna c'havi u diavulu in corpu.
Non sta mai ferma
Chu sapi a cu assumigghiò?)

-        Proprio in questo caso puoi ben dire che ha preso da te, moglie mia.
È irriverente, non ha freni e risponde sempre senza ritegno.
Proprio come sua madre.
Non se ne tiene mai una in bocca ed ha sempre da dire la sua, cattiva o buona che sia.
Importante per lei è parlare!
Eppure si deve calmare.
È troppo tosta e imprevedibile.
Per quanto riguarda il suo futuro marito, lo vedremo, in questa casa chi comanda!)

(Ddocu, u po diri forti, ca pigghiò di tia muggheri mia.
È irriverenti, scostumata e rispustera di prima qualità.
Propriu comu so mà.
Nun si ni teni mai una na vucca e hava a diri sempri a sua, tinta o bona.
Basta ca parra!
Idda s'hava a carmari.

È troppu tosta e sbirsata.
Pi quantu riguarda u futuru maritu, poi u videmu, ni sta casa cu cumanna.)

-        Dici a me chi comanda?
Non ti basta che fuori questa casa fai il buono e il cattivo tempo?
Pure qui vuoi disporre?
Pure dei miei figli?
Ricordatelo una volta per tutte.
La padrona sono io ed io comanderò.
Ti vuole entrare in testa questo convincimento?
O te lo devo ripetere in continuazione?
Lo sai che una testa dura come la tua non l'ho mai vista in vita mia?
Sei veramente come l'uovo sodo, che più cuoce e più duro diventa.
Ti vorrei vedere poi quando ti vengono le fantasie… e ti riscaldi…
Poi sarò io la scioperante e mi farò desiderare come non mai.
Inoltre, se mi farai arrabbiare, ti manderò a quel paese!
Guarda un po' come sta andando a finire!
In malora!
Proprio tutto in malora!

(Cu cumanna?
Non ti basta ca fora fai u bonu e u tempu tintu!
Puri a me casa voi cuvirnari.
Che me figghi!
Ricordatillu na bona vota.
Iu sugnu a patruna ed iu cumannu.
Tu mittisti in testa ora stu discursu?
Ti l'haiu a ripetiri sempri?
Ma u sai ca na testa dura comu a tua nun l'haiu mai vista?
Sì veramenti comu l'ovu, ca chiù coci e chiù duru diventa.
Ti vogghiu vidiri poi….
Quannu dici tu…
Quannu ti venunu i spinni… e t'accalurì
Iu, poi fazzu scioperu e pò spasimari comu un canuzzu e si mi fa arrabbuari puri ti mannu a fari in culu.
Tal'è oh … comu finì…
A schifiu!
Propriu a schifiu.)

-        Adesso finiamola con questi discorsi scostumati e senza senso davanti alla nostra bambina.
Andiamocene ad assistere alla santa Messa.
Cominciamo col farci la croce con la mano sinistra, perché questa mi sembra una cattiva giornata ed ho l'impressione che sia cominciata proprio male.
Adesso aspetta un attimo.
Mia figlia la grande, quella giudiziosa, perché ancora non scende?
Perché tarda?
Samantha...
Samantha?

Perché fai sbraitare papà tuo!
Scendi presto, dobbiamo andare a messa.
Dobbiamo farci vedere da tutti e soprattutto dal prete che la nostra famiglia, quando si muove, lo fa insieme.
Lo capisci questo o no?
Per l'occhio pubblico, per la società.
Così si deve fare.
Noi siamo persone in vista e sempre sotto pubblica osservazione.

(Ora finemula chi discursi scostumanti e senza sensu davanti a picciridda.
Amuninni a Santa Missa.
Cuminciamuni a fari a cruci ca manu sinistra ca chista mi pari na tinta matinata e haiu l'impressioni ca cuminciò propriu mali
Ma aspetta un minutu
Me figghia a ranni, chidda giudiziusa, pirchì ancora nu scinni?
Pirchì ritarda?
Samantha...
Samantha?
Pirchì mi fai gridari ... o papà?
Scinni subutu ca a missa hama a ghiri!
N'hama a fari abbidiri di tutti e du parrinu ca a me famighia, quannu camina, si movi assemi.
U capisti o no?
Pi l'occhiu pubblicu, pa società...
Accussì si fa.
Nui semu genti in vista e perciò di chiddu ca facemu, semu sutt'occhiu pubblico.)

Mentre don Franciscu continuava a gridare e a blaterare a modo suo, dal piano superiore s'affacciò, sulla rampa della scala, quella brava figliola di Samantha, che rispondendo ad alta voce, come se fosse all'interno di un cortile, rispose:

-        Papà, che cosa vuoi?
Perché mi chiami?
Lo sai che non posso venire a messa.
Mi hai dato un sacco di conti da controllare proprio ieri sera.
Ho davanti tre uomini, i tuoi esattori, che aspettano me.
Sono Pietrino, Bartolo e Foffò.
Adesso che cosa devo fare?
Vuoi che smetta o devo continuare il lavoro che mi hai dato?

(Papà chi boi?
Pirchì mi chiami?
U sai ca nun pozzu veniri a missa!
Mi dasti un saccu di cunti da fari propriu arsira.
C'haiu davanti tri cristiani, i tò tre esatturi ca aspettunu a mia.
Sono Pitrinu, Bartulu e Foffò.
Ed ora chi haiu a fari?
Voi ca smettu o haiu a continuari u travagghiu ca mi dasti?)

- 	Hai proprio ragione figliola cara, gioia dell'anima mia!
Me l'ero scordato.
Mi sembra proprio d'essere rincoglionito.
Meno male che ci sei tu, che di palle, ne hai meglio degli uomini.
Di te soltanto mi fido.
Senza, non potrei farne a meno.
Sei meglio di un uomo, considerato che questa disgraziata di tua madre non mi ha voluto dare un figlio maschio.
La colpa l'ho pure io che mi sono sposato troppo tardi … altrimenti, di figli, ne avrei fatto un esercito.
Allora sì, che di maschi, ne avrei avuti quanti ne volevo.
Tu Samantha e tua sorella, siete state, purtroppo, gli ultimi due frutti della mia stagione.
Dovevo pensarci prima a fare figli!
Per fortuna, tu da sola, ne fai dieci di maschi.
E forse, dopo la mia morte, lascerò a te tutto il mio potere.
Non mi rimane altro da fare!
Tu sì, che sai comandare e tenere in pugno qualsiasi uomo, senza avere la minima soggezione!
Pensa adesso a fare i conti e dopo, mi riferirai.
Noi andiamo a messa.
Ci rivedremo dopo!
Ti mando, da qua sotto, un bacio con tutto il cuore.
A dopo, amore di papà tuo!

(Haiu ragiuni! Fugghiuzza bedda due me cori!
Mi l'avia scurdatu.
Pi daveru mi pari ca staiu rincogliunennu.
Menu mali ca ci sì tu, ca i palli ci l'hai megghiu di l'homini.
Ed iu di tia sulu mi fidu.
Senza, nun putissi fari a menu.
Sì megghiu di n'homu, vistu ca sta disgraziata di tò mamma nun mi vosi dari nu fighui masculu.
A curpa è puri mia ca mi maritai troppu tardu… mansannò di figghi, n'havissi fattu n'esercitu.
Allura sì, ca di masculi n'avissi avutu quantu ni vuliva.
Tu Samanta e to soru, fustivu l'urtimi due frutti da mè stagioni.
C'havia a pinzari prima a fari figghi.
M'haviva a mettiri a siminari unn'è ghe dè!
Eppuri, non ni heppi nenti di masculi.
Ma tu… Samantuzzza mia, ni fai deci di omini…
E forsi quannu iu moru u puteri u lassu a tia.
Nun mi resta autru di fari.
Tu sì ca sai cumannari e sai teniri in pugnu qualsiasi masculu senza aviri soggezioni.
Pensa ora a fari i cunta e poi mi dici tuttu.
Nui, ora ni niemu a missa e ni videmu dopu o papà.
Ti mannu nu vasu di cà sutta cu tuttu u cori.
A dopu amuruzzu beddu du me cori!

-        Allora! Disse Samantha ai tre che aveva davanti a se.
Questi conti non mi pare che tornano.
Dovete spiegarmi che senso hanno questi numeri!
Non è che mi volete fottere con la scusa che sono donna, ingenua, vedova?
Spiegatemi, per esempio, che cosa sono questi due milioni e settecento mila lire, sotto la voce "Spese varie?
Per essere "varie" mi sembrano troppo evanescenti, del tipo miracoloso, che compaiono e scompaiono a piacimento, quello vostro!

(E allura - disse donna Samantha ai tre che aveva davanti a se.
Sti cunta, a mia, pari ca non tornunu.
M'avuliti spiegari chi sensu hanu sti nummari!
Nun è ca mi vuliti futtiri, ca scusa ca sugnu fimminedda, ingenua "na cattiva", inzumma una vedova?
Chi sunu, per esempiu, sti dui miliuni e setticentu mila liri sutta sta vuci "Spisi varie"?
Pi essiri "varie", mi parunu truppu evanescenti, comu miraculusi, ca cumparunu e scumparunu a piacimentu, chiddu vostru!)

-        Varie … Varie … Disse mastro Pitrinu.
Sono "varie"!
E allora?
Che c'è di male?
È forse un peccato mortale se si chiamano "Varie"?
Proprio così… perché, appunto, variano.
Oggi ci sono e domani … forse…
Può darsi non ci saranno.
Chi lo può dire?
Solo il buon Dio nel cielo lo sa.
Noi, certo, non possiamo prevederle?
Siamo per caso maghi?
Se oggi le vedete scritte che colpa ne abbiamo?
Vuole che le cancelliamo e facciamo un atto illecito?
Ecco adesso spiegato perché si chiamano "varie".
Gliele devo insegnare io queste nozioni d'italiano?
Spese… flessibili sono!
Appartengono a quella categoria particolare.
Che posso farci se hanno questa natura?
Adesso la colpa l'addossate a me?
La specifica di queste spese è quella!
Comunque sempre dei costi sono!
E non si possono fare a meno.
Adesso che le ho spiegate lo avete capito?
Il fatto, la vera ragione della vostra difficoltà a comprendere queste nozioni, ve la spiego io.
Voi siete femmina e certe cose non è che le potete capire esattamente!
Ne potete al massimo afferrare il concetto.
Sono cose d'uomini ed io non so più come devo spiegarvelo in modo diverso.
Mi fate perfino arrossire… e non mi sento più di parlare.

Vi dovete contentare di ciò che vi ho detto e basta!
È giusto compari miei?
Questa è la verità!
Non si po' cambiare.

(Varie… Varie… Disse mastru Pitrinu.
Sunu varie!
E allura?
Chi c'è di mali?
È forsi un peccatu mortali se si chiamanu "varie"?
Propriu accussi, pirchì, appuntu, varianu.
Oggi ci sunu e dumani forsi…
Pò darsi… ca nun ci sarannu.
Cu u po' diri?
Sulu u Sugnuri, dda supra, nu cielu, u sapi.
Nui chi putemu prividiri?
Semu forsi maghi?
Se oggi i vidi scritti chi ci putemu fari?
Voli ca i cancellamu e facemu na cosa farsa?
Eccu ora spiegatu pirchi si chiamanu varie!
Ci l'haiu a insignari iu sti nozioni di italianu?
Spisi di chiddi flessibili sunu!
Appartenunu a chidda categoria particolari.
Chi ci pozzu fari se sunu d'accussi?
A curpa è mia?
A natura di sti spisi è chidda.
Sempri costi sunu e nun si ponu fari a menu.
Ora ca vu speigai u capistivu?
Vui ca siti fimmina, certi cosi, nun è che ca i putiti concepiri esattamenti!
Putiti, al massimu, affirrari u concettu.
Sunu cosi dill'homini ed iu nun sacciu comu vi l'haiu a spiegari diversamenti.
Mi faciti arrussicari… e nun mi sentu chiù di parrari.
V'hata a cuntintari di chiddu ca v'haiu dittu e basta!
È veru cumparuzzi miu?
A storia è accussì.
Nun si po' cangiari.)

-       Vi ringrazio veramente don Pitrinu!
Solo adesso lo sto capendo … merito della vostra esplicita spiegazione.
Lo sapete che siete bravo a rendere comprensibili le cose?

(Grazie veramenti, don Pitrinu!
Sulu ora a staiu capennu a vostra siegazioni.
U sapete ca siti bravu pi daveru?)

-       Che vi dicevo io?

(Chi vi dicevu io?)

- Spese, come dite voi, "che variano", che cosa vuol dire? Replicò donna Samantha.
Che forse… magari… che non stanno né in cielo né in terra?
Eppure, se ci ragioniamo bene, queste spese devono necessariamente, avere un nome specifico non certo uno generico.
O no?
Se non hanno un nome specifico è forse perché sono volubili?
Oppure vuol dire… che?
Sono segrete?
Sono magari riservate soltanto a voi e per questo io non le conosco, né le devo sapere?
Se non ne devo avere cognizione, di conseguenza, non ve le posso davvero riconoscere e non ve le scarico per nulla, così le pagherete voi per intero.
Perciò facendola breve!
O mi specificate la natura di queste spese oppure non ve le giustificherò.

(Ca sunu spisi, comu diciti vui, "ca variunu", chi vordiri? Replicò donna Samantha)
Ca… macari… nun stanu né in cielu né in terra?
Eppuri si ci ragiunamu beni, hana aviri, pi forza, nu nomi specificu.
O no?
Se nun hanu nu nomi specifico, forse pirchì sono cangianti?
Vor diri … chi sacciu … ca…?
Sunu segreti?
Pirchì si sunu risirvati pi vui, è giustu ca iu nun li canusciu e nu l'haiu a sapiri!
E se iu nun l'haiu a sapiri, di conseguenza… nun vi pozzu ricanusciri e nun vi scaricu pi nenti accussì i paiati tutti vui per interu.
Allura, parramu curtu!
M'interessa canusciri a natura di sti spisi manzinnò nun vi pozzu giustificari.)

- Ve l'ho detto!
Mi tocca ripeterglielo di nuovo?
Non sono certo uno istruito!
Quello che avevo da spiegarvi ve l'ho chiarito.
Io la buona volontà l'ho messa tutta nella spiegazione.
Che cosa devo aggiungere di più?
Non lo so proprio.
Sono un ignorante e non posso certo ricordarmi, per filo e per segno, tutto quello che ho scritto tempo fa?
Se ho riportato che sono state spese sostenute… vuol dire che così fu.
E basta!
D'altro non ricordo più nulla.
Io, sincero sono, signora bella!
Sapesse quanta fatica mi costa lavorare … tanto che spesso … ci rimetto pure di mio: il terreno, la mia famiglia… poi, i miei figlioli piccolini che piangono sempre, ed io che non guadagno granché, non so come fare.
È modesto il mio profitto, credetemi, tanto quanto basta per campare.

(Vu dissi!
Chi l'haiu a ripetiri arrè?

Chi ni capisciu?
Chiddu ch'aviva di diri ormani vu dissi.
Iu a bona volontà c'ha misi tutta per chiarire ogni cosa
Chi vi pozzu aggiungiri di chiù?
Nu sacciu propriu!
Iu sugnu ignoranti e nun è ca mi pozzu ricurdari tuttu chiddu ca scrissu tempu fa?
Se ci misu che furunu Spisi Vari vordiri ca chiddi sunu!
E basta!
D'autru nun mi ricurdu nenti.
Iu, sinceru sugnu, signuruzza bedda e sapissi quanta fatica mi costa travaghiari…
ca ci staiu rimettennu puri i spisi.
Ci sunu chiddi du tirrenu… da ma famighia … poi ci sunu ddi figghiuzzi mia nichi ca chiangiunu sempri e nun è ca u guadagnu du nostru travaghiu è granchè!
È miseru e basta tantu quantu pi campari.)

-        Dite davvero Mastro Pitrinu?
Mi fate veramente commuovere però, sebbene sia una femmina, vi devo dire che lacrime per questo vostro racconto compassionevole, non ne sono per nulla uscite.
Ditemi piuttosto una cosa don Pitrinu carissimo.
Quella casetta o villetta che vi state costruendo, vicino a quella colonica, con quali soldi la state pagando?
Dove li prelevate i denari per il materiale, i muratori e tutte le altre grosse spese?
Forse avete la fabbrica dei soldi?
Insegnatemelo voi come si fa a stamparli così m'adopererò pure io!

(Ma daveru diciti mastru Pitrinu?
Mi faciti veramenti commuoveri, però cu tuttu ca sugnu fimmina, v'haiu a diri ca lacrimi, pi sta compassioni ca vui mi dumannati, nun mi ni nesciunu.
Dicitimi na cosa… Pitrinuzzu beddu…
Dda casina o villetta ca vi state custruennu vicinu a chidda colonica, cu quali sordi a stati paiannu?
Unni i pighiatu i picciuli pi pagari u materiali, i muraturu e tutti l'autri grossi spisi?
Chi faciti, haviti a fabbrica di sordi?
Insignatamillu puri a mia comu si fa a stamparli accussì u fazzu puri iu!)

-        Voscenza mi vuole prendere in giro per davvero!
Lo sa come si fa?
Risparmiando lira sopra lira e mangiando pane e cipolla.
Quei figlioli miei si sacrificano in tutto.

(Vossia mi voli pighiari in giru pi daveru!
U sapi comu si fa?
Risparmiannu lira supra lira e mangiannu pani e cipudda.
Ddi figghiuzzi mia si sacrificanu di tuttu.)

-        Si sacrificano in tutto mi dite?
Spiegatemi allora come mai si vestono con capi firmati all'ultima moda?
Mi dite, in quali negozi, vostra moglie compra questa roba così mi servo anch'io?

E adesso che abbiamo chiarito questo discorso, una volta per tutte, volete dirmi queste spese che avete segnato a carico di mio padre da dove vengono?

(Si sacrificanu di tuttu… mi dite?
E comu mai vestunu chi capi firmati e all'urtima moda?
Mi diciti in quali negozi vostra muggheri accatta sta roba?
E ora ca ficimu stu discursu, mi vuliti diri, sti spisi ca signastivu a caricu di don Franciscu, di unni venunu?)

-       Sentite donna Samantha, voi mi avete fatto confondere ed io non ho molta memoria.
Alla fin fine… se volete, le mettete, altrimenti, le pago io tutte di tasca mia e non ne parliamo più!
Siete contenta adesso?
A me interessa che vossignoria resti soddisfatta.
La pura verità è che dopo tanto tempo, non mi posso ricordare di certe cose.
Fate come vi sembra giusto.
Mi affido al vostro buon cuore!

(Sintiti donna Samantha, vui mi stati facennu cunfunniri ed iu nun haiu tanta memoria.
All'urtinu all'urtinu … si ci vuliti mettiri ci mittiti, mansennò vordiri ca i paiu iu, tutti di tasca mia sti maliditti spisi!
Siti cuntenta ora?
A mia interesa ca vossia resta cuntenta.
U fattu fu, ca dopo tantu tempu, nun mi pozzu ricurdati certi cosi.
Faciti comu vi pari.
A vostru bon cori.)

-       Adesso, vorrei fare una chiacchierata con voi mastro Bartolo.
Vedo scritto che per il raccolto del grano avete segnato la spesa di tre milioni e duecentomila lire.
Non vi sembrano molti?
Sembrerebbe che sia venuto a lavorare un esercito per farvi aiutare nella mietitura.
Ditemi una cosa.
Quante persone avete chiamato?
Quanti lavoranti e quanti ragazzini avete assunto?
Non mi dite che avete impiegato giovani, minorenni e piccoletti!

(Ora vulissi parrari cu vui mastru Bartulu.
Vidu scrittu ca pi fari u raccoltu du granu mittistivu tri miliuni e duecento mila lire.
Nun vi parunu assai?
Di dati l'impressioni ca chiamastivu n'esercitu pi farivi aiutari na mietitura.
Dicitimi na cosa.
Quanti picciotti travaghiaru?
Quanti iurnatari e quantu caruseddi facistivu veniri?
Nun mi diciti ca mittistivu a faticari picciuteddi, minorenni?)

-       Per carità di Dio, Signora mia!

Che cosa crede voscenza che mi metta a rischio e pericolo?
Ho ingaggiato persone del mestiere e d'una certa età.
Ci mancherebbe altro!
Tutti in regola sono, perché la notte, voglio dormire tranquillo!
Mi contento guadagnare il giusto, quello che mi compete, magari poco, ma con la mia coscienza, voglio stare sempre sereno e tranquillo.
L'onestà per me è la prima cosa.
Me lo dice sempre il vostro stimatissimo padre, don Franciscu, che sono onesto.
Non ne potete dubitare.
Dovete stare tranquilla.
Con me solo cose oneste e pulite si fanno.
State, non solo, serena ma serenissima.
Potete dormire sopra due guanciali di pura lana vergine.
Adesso signora Samantha mi date subito e in contanti i soldi oppure volete farmi un assegno?
Come piace a voi perché io mi accontento di ciò che voscenza desidera.
Se non ha tutti i soldi disponibili, non si preoccupi, ritornerò domani.
Di fronte ad una donna garbata e gentile come voi, come si può mentire?
Se vuole, per sua comodità verrò domani, visto che abbiamo definito ogni cosa e chiarito tutto.

(Non pi carità di Diu signuruzza!
Chi mi mettu a rischiu e periculu?
Tutta genti di misteri e granni chiamai.
Ci mancassi autru!
Tutti in regula, pirchì a notti, vogghiu dormiri tranquillu.
Mi contentu guadagnari u giustu, chiddu ca mi cumpeti, ca fussi pocu ma, ca me cuscenza, vogghiu stari sempri serenu, na vera paci dill'angli.
L'onesta a prima cosa!
Mi l'ha dittu sempri u vostru stimatissimu patri, don Franciscu, ca sugnu onestu.
Nun putiti mai dubitari.
Putiti stari tranquilla, ca cu mia, sulu cosi corretti e puliti si fanu.
Stati serenissima ... e durmiti supra due cuscini di pura lana vergini.
Allura, signurruzza Samantha, mi dati i sordi subitu e in cuntanti, oppuri mi faciti n'assegnu?
Comu piaci a vui pirchì iu m'accuntentu di soccu voscenza cumanna.
Si nun c'haviti i sordi tutti disponibili nun si preoccupassi ca tornu dumani
Di fronte na fimmina garbata e gentili comu a voscenza, comu si po' diri mai na bugia?
Macari, pi vostra comodità, vegnu dumani, vistu ca havimu definitu ogni cosa e chiaritu tuttu.)

-        Per la verità ancora proprio tutto non direi.
Vorrei sapere un'altra cosa.

(Veramenti, ancora, propriu tuttu, nun lu dicissi propriu.
Vulissi sapiri n'autra cosa...)

-        State cominciando a dubitare di me?

Mi volete fare un interrogatorio di terzo grado come fossi sott'accusa?
Chi siete?
Un carabiniere?
Non capisco perché, un uomo più onesto è, e più è perseguitato.
Non è giusto che vi accanite contro di me.
Adesso ho premura.
Mi aspettano a casa.
La saluto.
Domani passerò a ritirare il denaro.

(Allura stati dibitannu di mia?
Mi faciti n'interrogatoriu di terzu gradu comu fussi sutt'accusa?
Chi siti?
Forsi nu carabbineri?
Nun capisciu pirchì l'homu, chiù onestu è, e chiù s'hava a perseguitari.
Nun è giustu ca v'accaniti cu mia.
Haiu prescia e m'haspettamu a casa.
A salutu.
Dumani mi vegnu a pighiari i sordi.)

-        Aspettate... aspettate... mastro Bartolo!
La premura vi è venuta tutta in una volta?
Lo so che siete un emerito …. la …
Volevo dire lavoratore.
Conosco molto bene la vostra famiglia.
Ditemi una cosa
Lo avete fatto poi il corredo a vostra sorella Saruzza?
Ditemi quando sposa?
Quanti invitati ci saranno in questo matrimonio?
Descrivetemi un poco la cerimonia.
Sapete come siamo fatte noi donne.
Curiose siamo!
Vogliamo conoscere sempre i particolari di queste bellissime occasioni.

(Aspittati...
Aspittati... mastru Bartulu!
Tutta sta premura a na vota havistivu?
U sacciu ca vui siti n'emeritu…. la…
Vuliva diri … lavuraturi.
A canusciu a vostra famighia.
A propositu!
U facistivu u corredu a vostra soru Saruzza?
Quannu si marita?
Quanti invitati ci sunu ni stu matrimoniu?
Cuntatimi a cerimonia.
U sapiti comu semu curiusi!
Nui fimmini vulemu canusciri sempri i particolari di sti piacevuli occasioni.)

-        Certo Signora mia carissima!

Dopo la morte di mio padre dovevo per forza farle io la dote.
Sicuramente!
Le cose migliori ho fatto.
Il corredo ricamato… e pure mandato a ritirare fuori.
Gli invitati?
Tutti quelli che conosco!
E magari di più!
Senza badare a spese.
Della mia famiglia, si dovrà dire che soldi non ne abbiamo risparmiati.
Cose di lusso cara signora mia!
Le migliori al mondo.
La macchina nera, la mercedèsse, ho affittato.
Trecento invitati… almeno.
Il locale?
Ho preso quello con tutte quelle cose dorate e fine.
Con le statue e con i disegni sui tetti.
Cose lussuosissime e mai viste in vita mia, che quando le ho osservate per la prima volta, sono rimasto a bocca aperta, anche se non avrei voluto fare questa grossa spesa.
Sapete com'è?
Quando si è in ballo, non ci si può tirare indietro.
Le cose se si devono realizzare si fanno bene o niente!
Ed io, non buone le ho fatte, ma buonissime e lussuosissime.
Devono restare tutti di stucco per quanto scialacquìo di soldi c'è stato.

(Ca certu signuruzza bedda!
Dopo a morti di me patri non ci l'haviva a fari na bedda doti?
Pi forza!
I megghiu cosi ci l'accattai!
U curredu arriccamatu e mannatu a pigghiari di fora…
L'invitati?
Tutti chiddi ca canusciu!
E macari di chiù.
Senza badari a spisi.
Da ma famighia, s'ava a diri ca sordi, nun si ni rispiarmiaru mancu pi nenti.
Cosi di lussu cara signuruzza!
I chiù megghiu…
A machina niura, a mercedèsse ci affittai!
Tricentu invitati… armenu!
U locali?
Ci pighiai chiddu cu tutti ddi cosi durati e fini…
Chi statui e chi disegni ni tetti…
Cosi di lussu e mai visti na me vita, ca quannu i taliai pa prima vota, ristai cunfusu e nun avissi vulutu fari sta gran spisa…
Ma sapi com'è.
Quennu unu è nu ballu hava a ballari pi forza!
Quannu i cosi s'hana a fari o si fanu boni o nenti!
Ed iu… no boni, ma bonissimi, lussuosi e lussuriosissimi i fici…
Hana ristari tutti ca vucca aperta di quanto scilaquìu di sordi ci fu.)

\-   Adesso sì che ho tutta chiara la situazione.
Ora che mia avete detto queste faccende sto inquadrando meglio la situazione.
Ascoltatemi don Bartolo.
Giacché nella vostra famiglia lavorate solo voi, i soldi, da dove li prendete?
Perché di denari, come avere detto voi, ce ne vogliono molti!
Nevvero don Bartolo carissimo?

(Ora sì ca capì tuttu!
Ora ca mi dicistivu sti cosi staiu capennu megghiu a situazioni.
Ma sintiti don Bartulu, vistu ca na vostra casa travagliati sulu vui, i sordi, di unni i pighiati?
Pirchì di dinari, comu dicistivu vui, ci ni vonu e assai!
Nevveru don Bartulu du me cori?)

\-   Che domande mi fate?
Prima mi date da parlare e ora mi volete fottere?
Io onesto sono e tale resto.
Anche angelico e non commetto mai peccati.
Cerco solo di lavorare, fare soldi, e basta!

(Chi dumanni mi facistivu?
M'aviti fattu parrari e ora mi vuliti futtiri?
Iu onesti sugnu e tali resto.
Puru e angelicu e mai piccatu fazzu.)
Cercu sulu di travaghiari, fari sordi e basta.

\-   A voi non interessa il modo come si fanno?
Rispondetemi adesso, per favore, a un'altra domanda!
Quanti picciotti avete assunto, perché in questa carta, sono riportati i nomi, ma di ricevute, fatture, prospetti di busta paga, non ne ho visto proprio per nulla.

(E a vui nun interessa "comu" si fanu sti sordi?
Rispunnitimi ora pi favuri a n'autra cosa!
Quanti picciotti aviti assunti, pirchì ni sta carta, ci sunu scritti i nomi, ma di ricevuti, fatturi e prospetti di busti paga, nun ni vidu pi nenti.)

\-   Certamente signora mia.
Basta la mia parola.
Le ricevute e gli altri documenti a che servono se sono io a garantire tutto con la mia parola?
È stato sempre così.
Adesso perché questa novità?
Voscenza vuole cambiare musica?
Con suo padre abbiamo fatto sempre in questo modo.
E ora questa richiesta di carte, ricevute e fatture... mi suona nuova.
Che ne so di questi documenti...

(Certu Signurì!
Basta a me parola.

I ricivuti e l'autri documenti a chi servuni se sugnu iu a garantiri ca me parola ogni cosa?
Ha statu sempri accussì.
Ora pirchì vossia voli cangiari musica?
Cu so patri hhavemu fattu sempri ni sta manera.
Ora mi dumanna i carti, ricevuti e fatturi!
Chi ni sacciu di sti cosi…)

-        Ditemi, per favore, almeno, quante persone avete chiamato a lavorare.
In questo foglio non c'è scritto nulla.
Leggo soltanto quindici nomi e tanti sono ripetuti.
Li ho letti uno per uno.
E poi, questi altri, messi in ultimo nell'elenco!
Non si tratta mica di ragazzi di tredici o quattordici anni?

(Allura, mu diciti, pi favuri, quanti pirsuni haviti chiamatu a travaghiari?
Cà, ni stu fogghiu, nun c'è nenti scrittu.
Leggiu sulu chinnici nomi e tanti, sunu puri ripituti.
L'haiu liggiutu unu pi unu.
E poi, sti nomi misi all'urtimu dill'elencu?
Nun è ca si tratta di ddi caruseddi di tridici e quattordici anni?)

-        Che cosa vuole da me signora mia!
Avete ragione.
Voi non lo sapete, perché siete una femmina e certe cose non le concepite in quanto ingenua.
Quelli, ve lo giuro, sono venuti a pregarmi.
Si sono messi perfino in ginocchio.
Volevano ad ogni costo lavorare.
Ne avevano di bisogno.
Si accontentavano di poco.
Ed io che sono generoso e mi faccio commuovere facilmente, non ho potuto dire di no.
Perché, secondo lei, a essere pietosi e generosi, si commette reato?
Ho fatto male?
Ho commesso peccato mortale?

(Chi boli signuruzza bedda!
Havi ragiuni.
Ma vui nun lu sapiti!
Siti fimmina e certi cosi nun li concepiti perchì ingenua.
Chiddi, vu giuru, vinniru a priarini.
Si misiru finu in ginocchiu.
Vulevunu a ogni costu travagghiari.
Ne avevanu assolutu di bisognu.
S'accuntintavanu di pocu.
Ed iu ca sugnu generusu e mi fazzu commuoviri… nun ci potti diri di no!
Pirchì, secunnu lei, a esseri pietusu e genirusu si commetti reatu?
Fici mali?

Piccatu murtali?)

-       Voi, don Bartuluzzu, il generoso, lo dovete fare con i vostri soldi e non con quelli miei.
I ragazzini, poi, non si mettono mai a lavorare.
Sicuramente li avete pagati, almeno, come tutti gli altri, come i grandi.
È vero?

(Ma vui don Bartuluzzu, u ginirusu l'haviti a fari chi vostri sordi non certu cu chiddi mia.
I caruseddi, nun si mettunu mai a travaghiari e poi, sicuramenti l'aviti paiatu comu tutti l'autri, comu fussuri granni.
È veru?)

-       Certamente, signora mia!
Che facevo discriminazioni?
Non lo dovevate neanche pensare.

(Certamenti signuruzza bedda!
Chi faciva discriminazioni?
Mancu l'haviva a fari stu malu pinzeri.)

-       Lo sapete invece cosa penso don Bartolomeo?
Che voi vi siete convinto che io sia un'emerita imbecille e minchiona.
Che un puzzolente imbroglione come voi non l'avevo ancora conosciuto.
Non solo avete assunto minorenni a lavorare ma mentite spudoratamente quando affermate che avete pagato i ragazzini come tutti gli altri.
Con la scusa che nessuno, fino adesso, vi ha controllato, avete più volte ripetuto gli stessi nomi di persone pagate.
Sapete che cosa vi dico?
La spesa, per questa raccolta di grano, secondo i miei calcoli, non supera un milione di lire.
Ed io tanti ve ne darò.
Se vi accontenterete, chiuderemo quì questa sceneggiata.
Altrimenti... andremo a causa.
Ci siamo capiti?

(U sapiti chi pensu don Bartolomeu?
Ca vui criditi ca sugnu un'emerita imbecilli e minchiuna.
Haviti a sapiri, ca ancora, nu fitusu 'mbrugiuni comu a vui nun l'haiu conisciutu.
Nun sulu haviti assuntu minorenni a travaghiari, ma mi 'mbrughiati puri quannu diciti ca i paiastivu comu all'autri, ma ca scusa ca nuddu controlla, haviti ripitutu chiù volti, u stissu nomi ni l'elencu.
U sapiti chi vi dicu?
A spisa, pi sta raccolta di granu, secunnu i me cunta, non supera u miliuni di liri.
Ed iu tantu vi dugnu.
Si v'accuntentati a finemu cà!
Mansennò ni niemu a causa.
Ni capemu?)

- 	Che andate dicendo Signora mia!
Io?
In causa?
Che Iddio ce ne scansi!
Regalare i soldi agli avvocati?
Neanche ci penso.
Maledetto il diavolo!
Se vossignoria si è convinta così…
La sua ragione l'avrà.
Faccia comunque come le pare.
Come le ispira il cuore.
Io sono un uomo modesto che ama la pace.
Anche se ci rimetterò di tasca mia, chiudiamoli qui questi benedetti conti.
Se lo ricordi però!
Quando avrà bisogno di me…
Sono a vostra disposizione.

(Chi diciti siguruzza bedda.
Iu?
In causa?
Scansatini Signuri!
Dari sordi all'abbucatu?
Mancu ci pensu.
Malidittu u diavulu!
Si voscenza è cunvinta accussi!
Facissi comu ci pari.
Comu c'ispira u so cori!
Iu sugnu n'homu modestu ca ama a paci.
Macari ca ci rimettu di sacchetta mia,chiudemu a cosa cà.
Su ricordassi però!
Quannu aviti bisognu di mia…
Sugnu sempri a vostra disposizioni.)

- 	Come no!
Sicuramente…
Proprio a voi mi rivolgerò!
Neanche se…
E adesso, per ultimo…
A voi don Foffò.
Sono tutta concentrata sulla vostra persona che siete, almeno così dicono, il più saggio di tutti.

(Comu no!
Sicuramente…
Propriu a vui chiamu!
Mancu se…
E all'urtumu!
A vui don Foffò.

Signu tutta cuncintratta pi voscenza ca siti, armenu, accussì si dici, u chiù saggiu di tutti.)

Appena, Samantha cominciò a parlare, quello, istintivamente, comprendendo che toccava a lui subire l'esame dei conti, fece un passo indietro e con gli occhi sgranati e spaventati, temendo già, bontà sua, d'essere stato scoperto, prima di farla parlare, ebbe uno scatto di spauracchio e, come se volesse sgravarsi tutto quel peso dei suoi peccati, disse:

-	Avete ragione Signora.
Sul totale che vedete scritto, vi faccio lo sconto immediatamente.
Pagatemi un terzo e non ditemi più nulla perché ho timore di subire il vostro interrogatorio.
Mi tremano le gambe e me ne voglio andare a casa.
Fate quello che volete!
A vostro buon cuore e alla vostra generosità.
Mi accontenterò di ciò che deciderete
Addio.
Addio.

(Avete ragione signù.
Supra u totali ca viditi scrittu vi fazzu subitu u scuntu.
Paiatemi un terzu e nun mi diciti chiù nenti ca mi scantu di cumu parrati.
Mi tremunu i iammi e mi ni vogghiu iri a casa.
Faciti chiddu ca vi garba!
A vostru bon cori.
M'accuntentu di chiddu ca diciditi.
Addiu.
Addiu.)

Fu così che Samantha riuscì a smascherare quei tre ladruncoli da strapazzo che avevano fatto il bello e il cattivo tempo da anni.

Furono costretti a ridimensionare la loro ingordigia.

L'eredità

Don Franciscu e famiglia che erano intanto ritornati dalla messa, entrando in casa, il vecchio si mise a chiamare la figliola primogenita, aumentando, come al solito, il tono della voce:

\-   Samantha... Samantha ...
Ti sei persa oggi una bella predica del parroco.
È stata proprio interessante e per me illuminante.
Parlava di quelle cose... dimmelo tu moglie che io le ho scordato.
Ah sì!
Vero...
Parlava di "talenti".
Di soldi insomma...
Diceva che il Signore vuole che i talenti che ci ha dato alla nascita, li dobbiamo mettere a frutto e restituirli moltiplicati quando moriremo.
Lui dice che devono essere di più possibile.
Guarda un po', mi sono detto, io che mi considero ignorante, allora... sono stato sempre dalla parte di Dio, senza sapere né leggere né scrivere!
Che cosa straordinaria da non credere.
Chi me lo doveva dire?
Significa che io la penso alla stessa maniera di nostro Signore?
Che entrambi abbiamo gli stessi pensieri?
Vedi un po' che cosa...
Al solo pensarci mi viene la commozione.
Io alla pari di nostro Signore!
D'altra parte riflettendoci bene ...
Solo persone straordinarie come noi due possono pensarla alla stessa maniera!
Io, i talenti, i soldi...
Li ho sempre moltiplicati e quando andrò in paradiso glieli farò per bene i conti!
Glielo dirò che quando sono nato non avevo una lira.
Ora invece, che sono vecchio, sono diventato veramente ricchissimo e Lui mi dovrà riservare, per questo, un posto buono nel paradiso, perché i miei talenti, i miei soldi, li ho sempre fatti fruttare.
Eccome!
Assai...
Proprio assai.

(Samantha... Samantha...
Ti pirdisti oggi na bedda predica du parrucu!
Fu propriu interessanti e pi mia puri illuminanti.
Parrava di chiddi cosi... dimmillu tu muggheri ca iu mu scurdai...
Ah sì!
Veru..
Parrava di " talenti!"
Di sordi insumma....
Diciva ca u Signuri voli ca i talenti ca ni desi, havissiru ad essiri restituiti multiplicati, e che ci l'hamu a purtari quannu muremu.
Iddu dici ca hana essiri chiù assai possibili.

Talè, iu diciva a me stissu, di 'gnuranti ca sugnu, allura, haiu statu sempri da parti di Diu senza sapiri ne leggiri e ne scriviri!
Chi cosa straordinaria da nun cridiri!
Cu l'haviva a diri?
Significa ca iu a pensu propriu comu nostru Signuri!
Ca tutti dui havemu i stissi pinseri?
Viditi chi cosa …
A sulu pinsarici mi veni puri a commozioni
Iu e u Siguri …
Chi voi!
Riflittenu bunu…
Sulu pirsuni straordinari comu a nui due a putemu pinsari a stissa manera!
Iu i talenti, i soldi…
L'haiu sempri moltiplicati….
E quannu sugni nu paradisu ci fazzu iu, boni, i cunti.
Ci u dicu ca quannu nasciu nun haviva nenti.
Ora inveci, ca sugnu vecciu, divintai veramenti riccu e Iddu mi po' risirvari nu postu bonu in paradisu pirchì i me talenti, i me sordi, l'haiu fatti sempri fruttari.
Eccomu!
Assasi … veramenti assai..)

-       Ho l'impressione caro marito mio che tu, del discorso del prete, non ne hai capito proprio nulla.
È mai possibile che delle cose che si dicono, debba sempre interpretarle a modo tuo e come ti conviene meglio?

(Haiu l'impresioni, caru maritu miu, ca tu, du discursu du parrinu, nun ni capisti nenti!
È mai possibili che i concetti l'ha interpretari sempri a modu tò e comu ti cunveni megghiu?)

-       A proposito di soldi papà! Intervenne Samantha.
Vedi che quei tre ladroni che tu credevi brave persone, ti volevano fottere di buona maniera ed io, oggi, ti ho fatto guadagnare almeno tre milioni di lire.
Solamente guardando i conti.
Stai attento perché se non controlli bene i documenti, alla fine, ti troverai rubato da tutte le parti, senza che te ne accorgi.
Guardati, papà!
Attento.

(A propositu di sordi, papà! Intervenne Samantha.
Vidi ca ddi tri latruni, ca tu cridivi bravi pirsuni, ti vulevanu futtiri di bona manera, ed iu oggi, ti fici guadagnari armenu tri miliuna di liri.
Sulu taliannu i cunta.
Statti accortu papà, ca si nun controlli beni i carti, prima o dopu, ti trovi rubatu di tutti i lati, senza ca t'accorgi.
Accura papà!
Accura…)

-       Quelli sono emeriti bastardi e infami.
Ed io che m'illudevo di fare del bene...
Invece sono porci e avidi.
Se solo volessi...
Basterebbe che dicessi mezza parola e quegli infami ingannatori sarebbero già sotto terra nell'altra vita.
Lo vedi tu stessa quanto sono grande e generoso!
Risparmio a quei due disgraziati la vita.
Sono insaziabili come le iene, avidi e più hanno, più desiderano.
Più dai e più mi fottono!

(Chiddi sunu emeriti bastardi e nfami.
Iu m'illudiva di fari beni...
Ma chiddi sunu porci e avidi.
E diri ca si vulissi!
Bastassi ca dicissi menza parola e chiddi infami ingannaturi fussiru sutta terra, nill'autra vita.
U vidi tu stessa, o papà, quantu sugnu granni e ginirusu?
Ci risparmiu a vita a chiddi disgraziati.
Sunu comu i ieni insaziabili, avidi, e chiù hanu di chiù vonu.
Chiù ci dugnu e chiù mi futtunu!)

-       Stai attento papà....
Non ti allargare troppo.
Non ti voglio contrariare ma ciò che tu stai dicendo di quelle persone sono parole che potrebbero stare bene anche per te, a proposito dell'insaziabilità.
Non è che ti offendi vero?

(Stai accura papà...
Attenzioni.
Nun t'allargari troppui!
Nun ti vogghiu cuntrariai, ma chiddu ca tu stai dicennu di chiddi pirsuni, sunu paroli ca stanu beni puri pi tia, a propporito dell'insaziabilità!
Non è che t'offenni veru?)

-       Che cosa c'entro io con questo paragone?
Sono sen'altro un'altra cosa.
Io il potere ce l'ho, invece, quegli sventurati incoscienti!
Più miseri sono e di più vanno strisciando per fregare il prossimo.

(Chi centru iu ni stu paraguni?
Iu sugnu n'autra cosa.
Iu u puteri ci l'haiu, ma 'ddi sventurati incoscienti!
Chiù misiri sunu e chiù vanu strisciannu pi futtiri u prossumu.)

-       Di nuovo con queste parole?
Cerca d'essere cauto papà.

(Arrè?

Accura papà sti paroli!
Cerca d'esseri chiù accortu nell'uso dei termini!)

-        Che cosa vuoi dire...
Tu, figliola cara, da che parte stai?
Vuoi il mio bene oppure ti schieri contro di me?
Non bastano quei cagnacci lì fuori, che sono aggressivi e famelici?
Anche tu remi contro?
Questa vita, figliola cara, più tempo passa e più invivibile diventa!
Continuando così dove vogliamo arrivare?
Non c'è più neanche rispetto.
I valori, le regole d'onore, i limiti da non oltrepassare, oramai tutto è finito, ed io per
la verità, mi sto stancando veramente.
Me ne voglio fregare di tutto.
Mi pare di non essere più adatto.
Mi sento proprio fuori tempo, uno stonato e questa musica che io stesso sino a oggi
ho diretto non mi pare è più adatta ai tempi d'oggi.
Occorre una forza giovane.
Una mentalità nuova per governare questa società di merda che sta venendo fuori.
Non mi va più di proseguire.
Mi sento sbranato da tutti i lati.
Questi picciotti mafiuseddi emergenti da quattro soldi bucati, questi quaquaraquà,
non sanno neanche che vuol dire il rispetto per Cosa Nostra di cui non conoscono
bene neanche le regole...
Hanno tutti la premura, la frenesia d'azzannare.
Vogliono subito il potere e il denaro a ogni costo.
Solo alla sovranità aspirano senza neanche sapere come si fa a governare.
Hanno sete di ricchezza e di comando.
Questo interessa alla nuova classe emergente di giovani spaparanzati e
sprovveduti, figli di buona madre... smidollati.
Guadagnare soldi ad ogni costo.
Tanti e subito.
Per il resto s'arrangiano come possono senza limite e ritegno.
Sconfinano in ogni campo a danno delle regole che calpestano e li mandano a fare
in culo.
Non è più il mondo serio e rispettoso d'una volta.
È tutto storto perché gira al contrario.
E neanche c'è verso di metterlo in sesto perché la vita cambia di giorno in giorno
sempre in peggio.
Queste generazioni non sono più genuine e il modo di pensare, anche se è giusto
che cambi, conduce verso la rovina e la perdita d'ogni regola di vita, d'onore, di
lealtà.
Sono tempi disgraziati, lo dico io, pieni d'inganno e non ci si può fidare di nulla e di
nessuno.

(Chi voldiri?
Ma tu figghiuzza bedda di quali parti stai?
Voi u ma beni oppuri ti vo mettiri contru di mia?
Nun bastanu ddi canazzi ca sunu fora, arsurati?

Puri tu mi cuntrarii?
Sta vita, figghiuzza cara, chiù tempu passa e chiù invivibili diventa.
Continuannu accussì unni vulemu arrivari?
Nun c'è mancu chiù rispettu.
I valuri, i reguli d'onuri, i limiti, oramai, fineru tutti, ed iu, pa virità, mi statiu stancannu di bonu.
Mi ni vogghiu futtiri di tuttu.
Mi pari di nun essiri chiù adattu.
D'essiri fora tempu, nu stunatu e sentu ca sta musica ca iu dirigiu nun è adatta e tempi d'oggi.
Ci voli na forza frisca giovanili.
Na mentalità nova pi cuvernari sta società di merda ca sta vinennu fora.
Iu nun ma sentu chiù di iri avanti.
Mi pari d'essiri sbranatu di tutti i lati.
Sti giovani mafiuseddi emergenti di quattru sordi bucati, sti quaquaraquà, mancu sanu chi vordiri u rispetti pi cosa nostra e nun canusciunu reguli.
Hanu tutti prescia d'aggarrari.
Vonu subitu u putiri!
Sulu u putiri aspiranu senza sapiri comu si fa a guvirnari.
Hanu siti di ricchezza, di dinari e di cumannu.
Sulu chistu cunta pi sti picciuttazzi spaparanzati e alluccuti.
Sti figghi di bona matri… e smidollati…
Canusciunu sulu guadagnari e futtiri sordi.
Tanti e subitu.
Pu restu, s'arranciunu comu ponu, senza limiti e ritegnu.
Scunfinannu in ogni campu, a dannu di reguli ca schifianu e i mannunu a fari 'nculu.
Chistu nun è modu!
Nun è munnu giustu…
È tutttu stortu, pirchì gira o cuntrariu.
E mancu c'è versu di mittillu in sestu, pirchì a vita cangia di iornu in iornu, per giunta, sempri in peggiu.
I generazioni farsianu e u modu di pinzari cangia sempri in peggiu; porta tuttu a ruvina e a perdita d'ogni regula d'onuri e di vita.
Sunu tempi disgraziati e tradimintusi e nun ci si po' fidari di nuddu e di nenti.)

-        Che vuoi farci papà.
Le epoche non possono restare sempre le stesse!
Tutto sommato il cambiamento è la fortuna che la vita ci regala.
È una regola di natura.
Lo sai bene tu.
Si deve stare dietro sempre alle novità, ai gusti e agli umori.
Non si può prendere sempre il toro per le corna ma spesso va assecondato per il suo verso.
Questo me lo hai insegnato tu.
Altrimenti è meglio lasciare tutto e fare un'altra vita.
Tu sei stato bravo a costruire un grande impero.
Questo potere.
Hai rispettato veramente le regole d'onore perché hai creduto in esse.
Adesso l'onore lo sai che cos'è?

È soltanto convenienza e opportunità e si può gestire con elasticità.

Questa parola, "l'onore", comincia come concetto meraviglioso, ma spesso, poi, finisce a guazzare in mezzo al fango.

E anche se si sporca pure il significato ...

Niente cambia...

Non succede nulla e tutto rimane come prima.

Domani, che fine farà la nostra vita senza di te, papà?

Tra cento anni quando tu non ci sarai ...

Che potrà succedere?

Crollerà tutto?

È un vero peccato che debba finire così... che crolli quello che hai creato.

Questo incredibile patrimonio, il potere...

Gettarlo così.

Sperderlo nel nulla, mi fa venire una grande tristezza.

Mi fa perfino disperare perché non mi pare giusto che debba finire in un niente dopo che hai impiegato una vita per impiantarlo.

Eppure... non c'è più null'altro che possiamo fare.

E poi senza di te...

Vorrà dire che tutto è cominciato con te e tutto finirà con te.

Vero papà?

Ci dobbiamo rassegnare.

(Chi ci vo fari papà.

I tempi nun ponu ristari sempri i stissi, e tutto summato, chista è na fortuna che a vita ni regala.

È na regula di natura.

U sai beni tu!

S'hava stari dietru e nuvità, i cambiamenti, i gusti e l'umori.

Nun si po' pighiari sempri u toru pì corna, chistu mi l'hai insignatu tu, ma chiuttostu, cu so versu!

Se no è megghiu lassari perdiri tuttu e fari n'autra professioni.

Tu fusti bravu a fabbricare tuttu st'imperu.

Stu putiri.

Hai rispittatu veramenti i reguli d'onori pirchì c'hai cridutu.

Ma ora l'onuri o sai ch'è!

È sulu convenienza e opportunità e tanti a cunsideranu cu tanta elasticità.

Sta parola, " l'onuri", 'ncumincia comu fussi na bella parola e finisci a sguazzari 'menzu o fangu.

E macari ca s'allorda nu significatu, pi certuni ...

Nenti ci fa e tuttu resta u stissu.

Dumani chi fini farà sta nostra vita senza di tia papà?

Tra cent'anni quannu tu nun ci sì chiu?

Chi po' succediri?

Si sdirrubba tuttu?

È nu veru piccatu ca finisci accussì tuttu chiddu ca tu hai criatu!

Tutta sta bedda roba, stu patrimoniu e stu putiri, ittallu all'aria, mi veni na pena!

Mi fa addannari, pirchì nun mi pari giustu ca finisci tuttu in un nenti, dopu ca tu hai impiegatu na vita a costruillu.

Eppuri...

Nun c'è chiù nenti ca putemu fari.
E poi senza u to cumannu?
Vordiri ca tuttu accuminciò cu tia e tuttu finirà cu tia?
Veru papà?
N'hama a rassignari.)

-        Figlia mia adesso ascoltami bene!
Ti parlo a bassa voce e agitato perché questi argomenti mi stanno troppo a cuore.
Ti sto dicendo seriamente.
Tu sei una donna capace e se vuoi, ne sono certissimo, puoi prendere le redini di questa nostra organizzazione che ho costruito con fatica e sangue.
Tu hai la forza, il coraggio e l'ardimento, migliori di un uomo e se vuoi, potrai continuare a far vivere tutto ciò che ho creato.
Il potere è davvero una risorsa troppo grande.
Chi non l'ha, non ne può avere idea, né valutarlo bene.
È come un'innamorata o un innamorato, un'amante, che ogni giorno ti regala sensazioni bellissime, sempre diverse e inspiegabili che non possono essere descritte.
Ti soddisfa totalmente.
Quando hai il potere non ti serve null'altro.
Ti senti onnipotente.
Te lo dico io, tuo padre.
Con il potere hai tutto, perché hai gli altri sotto i tuoi piedi.
Ti cercano, ti desiderano e ti adulano.
E che cosa c'è di meglio di questa condizione?
Il potere, lo dicono tutti quelli che l'hanno provato, e te lo assicuro soprattutto io, è meglio di un atto d'amore.
Neanche paragone c'è!
E più ne hai e più ne vuoi avere.
Non ti sazia mai.
Dà la voglia e il desiderio di vivere, comandare, disporre, avere tantissime relazioni e combattere.
Questa sì che è vita.
È la soddisfazione più grande.
Il resto è sopravvivere miseramente l'oggi, il domani e tutte le indigenze umane.
Essere il primo, il capo, quello che decide e può vincere sempre e ad ogni costo …
Non esiste condizione migliore.
E la sera, poi, ti senti soddisfatto, appagato, per aver avuto la possibilità di aver fatto tutto quello che hai voluto.
Hai soprattutto comandato e hai deciso la sorte degli altri.
Questa sensazione è indescrivibile e impagabile.
Non si compra né si vende
Non ci sono soldi che bastano per poterla gustare.
Non ha prezzo.
Si possiede solamente!
Tu mi capisci figlia mia adorata?
Adesso che sei vedova, per te, quale migliore soddisfazione può esserci del potere?

Neanche l'uomo più vero potrà darti questa sensazione che invece, a sazietà, ti dà il potere.

Ti regala la possibilità di imporre e disporre degli altri che dovranno fare unicamente la tua volontà, senza fiatare e senza aprir bocca.

Sicuramente, figliola mia, ci sono pure i lati negativi.

Chi può negarlo?

Del resto, come tutte le cose più belle, per poterle raggiungere, ci vuole fatica, rischio e, se necessario, anche versare sangue.

Tanto o poco?

Non m'interessa alla fine quanto.

Quello che serve si versa.

Con decisione, fermezza e distacco.

Quando si sta dentro questi vortici potenti che ci trascinano è meraviglioso provare questo sentimento che fa girare i sensi, meglio della più potente droga.

Nessuno più ti potrà fermare e tutti t'invidieranno perché diventi domineddio.

Più comandi e più ti odieranno in un misto di amore/odio.

Più ti temono e più t'ammireranno e certe persone saranno capaci di baciarti pure i piedi ed anche la terra che sta sotto.

Il potere ti regala tutto ciò che vuoi.

(Figghia mia ora ascutimi bonu.

Ti parru a basa vuci e agitatu pirchì st'argomenti mi stanu troppu a cori.

Ora ti staiu parrannu seramenti.

Tu si na fimmina capaci e se voi sugnu sicuru ca po' pighiari i redini di sta nostra organizzazioni c'haiu custruitu, cu fatica e sangu.

Tu hai a farza, u curaggiu e a l'ardinentu, megghiu di n'homu e poi continuari e fari viviri ancora, tuttu chiddu ca nui havemu criatu cu sacrificiu e cumbattennu.

U puteri è daveru na cosa troppu grossa.

Cu nun ci l'havi, nun po' sapiri, nè valutari.

È comu na n'amurata o nu n'amuratu, ca ogni iornu ti riala sensazioni bellissimi, sempri diversi e inspiegabili da cuntari.

Ti soddisfa totalmenti.

Quannu c'hai u poteri nun ti servi nent'autru!

Ti senti comu onnipotenti.

Tu dicu iu o papà!

Cu putiri, hai tuttu, pirchi tutti sunu sutta e to pedi.

Ti cercunu, ti vonu e di adulanu.

E chi c'è cosa chiù megghiu di chista condizioni?

U puteri, u diciunu tutti chiddi ca l'hanu privatu e tu dicu suprattuttu iu!

È megghiu da na futtuta.

E chiù ci n'hai e ni fai e chiù ni voi.

Mai ti sazia e ti duna a vogghia e u desideriu di viviri, cumannari, disporri, cumbattiri e luttari.

A soddisfazioni è chista.

U restu, nun è mancu viviri, ma sopravviviri l'oggi, u dumani e tutti l'autri iorna di chiddi minchia di miserie umane.

U puteri significa essiri u primu, u capu, chiddu ca dicidi e poi vinci sempri, a ogni costu e domina tutti chiddi ca havi davanti.

Nun ci po' essiri cosa chiù megghiu!

E a sira poi ti senti soddisfattu e onnipotenti.
Ha fattu chiddu ca hai vulutu.
Hai cumannatu ed hai decisu puri a sorti dill'autri.
Chista sensazioni indescrivibili è na cosa impagabili.
Nun s'accatta nè si vinni.
Nun ci su sordi ca bastanu.
Nun havi prezzu.
Si pussedi sulamenti.
Tu mi capisci figghia adurata?
Ora ca si veduva pi tia, chi cosa chiù soddisfacenti ci po essiri du puteri?
Mancu un masculu chiù masculu, ti po' dari chidda soddisfazioni e sazietà ca ti duna u puteri.
Ti riala a possibilità di cumannari l'autri pirsuni, e chidd'autri, hana a fari a to volontà, senza sciatari e senza rapiri a ucca.
Certu figghiuzza cara ci sunu puri i lati negativi!
Cu i pò nigari!
Comu tutti i cosi chiù belli, pi putilli raggiungeri, ci voli fatica, rischiu e si occorri, puri virsari sangu...
Tantu o pocu, nun interessa quantu!
Chiddu ca ci voli si versa!
Cu decisioni, fermezza e distaccu.
Quannu si trasi ni chistu vortici putenti, è iddu ca ti trascina, è beddu stu sentimentu ca ti fa girari a testa, megghiu e chiù fortiti di na droga.
Nuddu ti po' firmari e tutti t'invidianu pirchì tu sì putenti e cumannanti.
Chiù cumanni e chiù ti odiunu.
Chiù di temunu e chiù t'ammiranu e sunu capaci, cert'uni, di vasari i pedi e a terra ca pistii!
U puteri ti duna, ti regala tuttu chiddu ca vò.)

-        Papà, proprio a me parli così?
Non mi scandalizzo certo del tuo modo di esprimere.
Quando ero maritata, mi piaceva stare col mio uomo.
Era una bella sensazione pensare alla mia famiglia, alla mia casa e alle mie vicende personali.

(Papà, propriu a mia parri accussì?
Iu nun mi scrupoliu du to modu di parrari.
Però quannu eru maritata mi piaciva stari cu l'homu miu.
Era na bedda sensazioni pinzari ca mi faciva a me famighia, a me casa e i me sentimenti intimi...)

-        Quale uomo, casa e intimità!
Non esiste cosa superiore al potere che appaga.
Dà la sensazione dell'eternità.
Meglio di questo?
Che cosa vuoi di più?

(Ma quali homu, casa e intimità ...!
Nun esisti cosa superiori o puteri che t'appaga.

Ti duna a sensazioni incommensurabili.
Megghiu di chistu?
Chi vò di chiù?)

-        Hai detto bene padre.
Dà soltanto la "sensazione"!
La realtà non è, però questa, e non sarà mai sempre e solo questa.
Quando finisce…
Che cosa resta?

-        Dicisti bonu papà.
Duna sulu na "sensazioni"!
Ma a realtà nun è chissa e nun sarà mai sempri e sulu chista.
Quannu finisci?
Poi chi resta?

-        Quello che resta dopo non importa.
Fottetene del dopo.
Ciò che t'importa è vivere oggi.
Quello che fu e ciò che sarà, figlia mia, non conta nulla.
Anzi vale un'emerita minchia.
Quello che fu, te lo puoi buttare dietro le spalle e quello che sarà, non lo puoi certo sapere, perciò non serve a niente e non ti riguarda.
Lo vedi… che è come ti dico io?
Interessati, preoccupati figliola mia, solo dell'oggi.
Di ciò che puoi toccare e manovrare ora, in questo minuto e non certo quello che accadrà domani o ciò che è stato ieri.
Tu queste cose le capisci e per questo ti parlo in questo modo perché con te soltanto posso intendermi.
Noi due, cara figliola, siamo fatti della stessa pasta e ci capiamo con mezza parola.
Ragionaci.
Rifletticci su ciò che ti sto dicendo.
Non è cosa da poco, te l'assicuro.
Posso trasmettere nelle tue mani il mio potere, l'onore e poi anche la potenza e il comando.
L'onore e il potere, alla fine, credi a me, sono la stessa cosa.
Sono due facce di una stessa medaglia che si racchiudono in una sola, quella che la gente della nostra risma possiede e che vive in un modo che solo noi conosciamo.

(Chiddu ca restra resta.
Futtatinni di dopu.
Chiddu ca t'interessa è viviri oggi.
Chiddu ca fu e chiddu ca sarà nun è cosa ca cunta.
Anzi vali na minchia fitusa!
Chiddu ca fu tu po ittari arrè e spaddi e chiuddu ca sarà nun lu po' sapiri perciò, nun servi a nenti e né t'interessa.
Allura u vidi ca è comu ti dicu iu?
Interessiti, figghiuzza bedda, sulu di oggi.

U poteri è chiddu ca hai oggi.
Chiddu ca po' maniari ora, mi stu minutu…
Non certu chiddu di dumani o di ieri.
Tu, sti cosi i capisci e pirchissu, ti parru ni stu modu, pirchì sulu tu mi po intendere.
Nui, cari figghiuzza mia, semu fatti da stessa pasta e n'intendemu cu menza parola.
Ragiunaci.
Riflettici a chiddu ca t'haiu dittu.
Tu po' essiri, chidda ca mi sostituisci dumani na me autorità.
Nun è cosa di pocu!
T'assicuru.
Pozzu mettiri ne to manu u poteri, l'onuri e poi, puri a potenza e u cumannu.
L'onuri e u puteri sunu a stessa cosa.
Sunu du facciati di na stissa moneta, chidda facciata ca pussedi a genti comu a nui, e ca vivi comu sulu nui canuscemu e operamu.)

-        Papà ti stai scordando una cosa importantissima.
Sono una donna.
Quando mai le donne si sono immischiate in queste faccende d'onore?
Sarebbe un grosso scandalo al tempo d'oggi, soprattutto nel nostro ambiente che tu ben conosci?
I pezzi grossi, di nostra conoscenza, si farebbero una bella e sonora risata.
Non mi considererebbero neanche una minchia fritta.

(Papà ti scordi na cosa importantissima
Sugnu na fimmina.
Quannu mai i fimmini s'hanu ammiscatu ni sti cosi d'onuri.
Fussi nu scandalu e tempi d'oggi e nill'ambienti ca tu canusci!
I pezzi grossi di nostra conoscenza si facissiru tutti na bedda sonora risata.
E nun mi cunsiderassiru mancu na minchia fritta.)

-        Tu non hai bisogno della considerazione di nessuno.
Te lo dico io, tuo padre.
Fottetene veramente.
Fai parlare, al posto tuo, la pistola, il fucile o quello che è.
Quando qualcuno ti contraddice, prima spara in aria e poi, se fa finta di non capire e si comporta da minchione, mira diritto al cuore.
Lo vedrai poi come ti presteranno attenzione.
E a tutti comincerà a bruciare il culo.
Maschi o femmine, ascolta me, quando c'è chi sa tenere in pugno la situazione, ha i coglioni grossi così e fa parlare " le canne", arrivati a quel momento, figliola mia, la distinzione, diventa una cosa secondaria, una bazzecola, una perfetta minchiata.
Non c'è neanche bisogno che tu apra bocca.
Non c'è neanche bisogno che ti sporchi le mani.
Il capo è capo, e queste cose le deve far eseguire agli altri.
Ai tuoi scagnozzi.
Le mani li devi avere sempre pulite e la coscienza possibilmente e compatibilmente sempre limpida e tranquilla.
Sono gli altri che devono eseguire gli ordini considerati sporchi e loschi.

Il boss, che si sente tale, in poche parole, deve solo comandare e ordinare... e basta.

Se chi dà il comando, è poi un maschio bene sia, ma se è una femmina, la cosa non cambia di una minchia.

La sostanza è quella che conta.

Mi hai capito adesso?

Ti sei convinta?

Il comando lo esercita soltanto chi ce l'ha nel sangue.

Un minchione sempre minchione resta.

Un capo resta sempre un capo, nonostante non sia gradito a tutti, anzi è più odiato e temuto che amato.

Alla fine, fa piacere, che gli altri ti temono e si pisciano addosso quando ti vedono o ti parlano.

Devono rispettare, ossequiare e ubbidire, perché il capo è un essere dominante.

Lo vedi figliola mia che non ho usato la parola "uomo d'onore"?

Semplicemente perché, anche le donne, oggi, possono diventare, capo, boss, o capo dei capi, come lo potrai essere tu, figlia mia bella, cara Samantha.

(E tu nun hai bisognu da considerazioni di nuddu.

Tu dicu iu o papà...

Futtitinni.

Cu ti cuntrarìa, fai parrari o posto di paroli, a pistola o u fucili chiddu ca è ...

Prima spara all'aria e se fanu finta di nun capiri o i 'ntolli mira dirittu o cori.

Poi vidi comu di dunanu accura.

E c'accuminza a bruciari u culu a tutti.

Masculi o fimminu, ascuta a mia, quannu c'è di menzu cu sapi tiniri in pugnu a situazioni ed havi i cugghiuni grossi tanti e fa parrari e "canni" allura, a distinzioni, figghiuzza bedda, diventa na cosa secondaria; na bazzecola, na minchiata.

Nun c'è bisognu mancu ca rapi a vucca.

E né ca t'allordi i manu.

U capu è capu e sti cosi l'hana a fari l'autri.

I to scagnozzi

I manu l'aviri sempri puliti e a cuscenza possibilmente limpida e tranquilla.

L'autri hana a fari i cosi sporchi e lordi!

U boss ca si senti tali, in pocu paroli, genti comu a nui, hava sulu cumannari e dari disposizioni e... basta!

Si cu duna u cumannu è poi un masculu, tantu mugghiu, ma se è fimmina, a cosa nun cangia di un'emerita minchia.

Mi capisti ora?

Ti convincisti fighuzza bedda?

U cumannu u fa e l'esercita cu ci l'havi nu sangu.

U minchiuni è sempri minchiuni.

Nu capu è sempri nu capu, nonostanti ca a tutti nun è graditu, anzi è odiatu e temutu.

Sapiri chistu, all'urtumu, fa piaciri ca si scantunu di tia e si piscianu di supra quannu ti vidunu e ti parrunu.

Pì chistu, t'hana a rispettari, ubbidiri e osseguiari, u capu è sempre putenti.

U vidi figghiuzza bedda, can nun haiu ditti "Homu d'onuri"?

Semplicemeti pirchi oggi macari i fimminu ponu divintari capi, boss e cumannanti, comu po' esseri tu, figia mia bedda Samantha!)

\-   Che c'è? Intervenne mamma Filomena.
Che state discorrendo padre e figlia?
State facendo discorsi importanti?
Di nascosto?
Franciscu cosa stai dicendo alla mia figliola?
La stai spaventando?
Non ti fare trascinate da tuo padre Samantha cara!
Tuo padre è sempre il solito.
Quando parla con questo aspetto serioso, coinvolge così emotivamente chi lo ascolta, che io stessa, non riesco, a volte, a capire se è vero o se scherza.
Mi fa pure temere.
Se non fosse che ci rido sopra ci sarebbe da tremare.
Ha l'aspetto sorridente e rassicurate ma nel suo cuore riesce a nascondere tutta la vendetta di questo mondo.
A distruggere una persona dall'oggi al domani impiega un attimo.
A volte, mi pare di non riconoscere veramente l'uomo che ho sposato.
Poi, mi convinco che, in fondo, è buono e generoso, mi tranquillizzo e sto serena… ma solo per poco.

(Chi c'è? Intervenne mamma Filumnera
Chi stati discurrennu patri e figghia?
Stati facennu discursi importanti?
Ammucciuni?
Franciscu, chi ci stai dicennu a figghiuzza mia?
A sta facennu scantari?
Nun t'allimmicari accussi, Samantha mia, ca to patri è sempri u solitu.
Chiuddu quannu parra seriamenti fa scattari i vini ed iu nun capisciu se discuti veramenti oppuri babbia.
Mi fa preoccupari certi voti!
Si nun fussi ca u pighiu pu culu e c'arridu di supra ci fussi di chi trimari.
Havi a facci tranquilla e sorridenti ma nu so cori sapi ammucciari tutta a vendetta di stu munnu.
A distruggiri na pirsuna dall'oi o dumani ci sta pocu.
Certi voti mi pari di nun ricanusciri l'homu ca maritai.
Ma poi mi convinciu ca, all'urtimata, è bonu e ginirusu e mi tranquillizzu e staiu serena, ma… sulu pi pocu.)

\-   Che ti immischi nei discorsi tra me e mia figlia?
Fatti i cazzi tuoi e non t'intromettere nelle mie faccende.
Che ti vai infilando nelle nostre discussioni?
Sei una gran curiosona e vuoi fare la furba con me come la volpe.
Devi entrare per forza nei fatti altrui e se non riesci a sapere quello che si dice fai di tutto per scoprire l'arcano.
Sei peggio di uno sbirro!
Vedi che moglie mi è capitata?
Esercita proprio questo mestiere in casa mia.

È concepibile tutto questo?
Non è un controsenso?

In uno di quei giorni, mentre tutta la sacra famigliola era a tavola, con i quattro boss in piedi, sempre ai lati di quella grande stanza da pranzo che facevano da guardia, e mentre i commensali sorseggiavano quel brodetto di carne con la pastina, donna Filonema, d'un tratto, posò irritata il cucchiaio sul tavolo e si mise a parlare in modo del tutto inconsueto, agitato, non consono al momento e a quell'uffizio cui gli altri stavano adempiendo serenamente.

Questo cambiamento repentino d'umore, bloccò la digestione di tutti che, con meraviglia, la guardarono sbalorditi.

Don Franciscu, per quell'improvvisa sortita della moglie, ebbe perfino un colpo di tosse:

-        Che modi sono i tuoi di parlare così sbraitando, a ciel sereno e a piede libero, mentre stavamo mangiando così tranquillamente?
Mi pare un attentato alla salute altrui.
Questa la chiami delicatezza?
Mi stavi facendo affogare moglie mia!

(Chi modi sunu i tò, di parrari accussì, sbraitannu a ciel serenu, mentri mangiamu tranquillamenti?
Chistu mi pari n'attentatu a saluti.
Nu tradimentu.
Chi delicatezza è!
Mi stavi facennu affucari muggheri mia?)

-        Affogare... un cazzo.
La verità è che tua figlia, questa piccola, che ti sembra stupida, sciocca e inconcludente, che all'apparenza a tutti sembra una santa e innocente ...
Lo sai cosa ha fatto?
Che cosa ha combinato?
Se hai il coraggio, dillo tu, a tuo padre.
I problemi più rognosi e scottanti, ogni volta, me li dovete fare prendere con le mie mani.
Diglielo tu Stefanuzza disgraziata quello che hai combinato!
Senza ritegno sei stata!
Avanti, parla se hai coraggio.
Un vero e proprio pasticcio.

(Affucari, affucari... un cazzo...
A virità è ca to figghiuzza, a nica, chista ca ti pari scema, babba e alliccuta, ca cu a vidi dici ca è na santuzza e innuccenti...
U sai chi fici?
Chi cumminò?
Si hai curaggiu diccillu tu o tò patri.
Tutti i rogni e i problemi chiù schifiusi, ogni vota, mi l'haviti a fari pighiari a mia.

E diccillu tu, Stefanuzza disgraziata, chiddu ca cumminasti.
Sdisonorata fusti!
Avanti parra!
Nu veru e propriu pasticciu, cumminò!)

-        Domando io...!
In questa casa non si può neanche mangiare un tantino di veleno, che subito mi bloccano la digestione col rischio di farmi venire un colpo apoplettico.
Buone maniere, non ne sai usare?
Non so... conosci per caso il significato della parola "tatto", della buona educazione come la chiami tu, oppure, semplicemente rispetto per quelli che gli altri stanno facendo?
Tu moglie mia questi concetti non li conosci?
Continuando in questo modo andrà a finire che mi toccherà mangiare al ristorante.
Adesso ci manca proprio questo.
Che mi trasferisca in trattoria con quattro dei miei uomini di scorta...
Bella sceneggiata.

(Ma dicu iu!
Ni sta casa, nun si po' mancu mangiari tanticchia di vilenu ca subitu mi bloccanu a digestioni cu rischiu ca mi fanu viniri nu curpu apopletticu!
Bona crianza nun ci n'hai?
Chi sacciu, tattu, bona educazioni, comu a chiami, o macari tanticchiadda di rispettu...
Pi chiddu ca l'autri fanu, tu muggheri, nun ni teni?
Va a finiri ca mi tocca iri a mangiari o ristoranti.
Ci mancassi propriu chissu...
Ca mi trasferissi a trattoria chi quattru homini da scorta...)

-        Ah Francuiscu!
Tu pensi soltanto a mangiare e al potere che a me sembrano minchiate!
A tua figlia, questa disgraziata che hai davanti, non ci pensi?
Non immagini neanche quello che ha combinato.

(A Francì?
Tu pensi a mangiari e u poteri ca a mia, mi paruni veramenti minchiati!
A to figghia, a sta disgraziata cà davanti, nun ci pensi?
Nun sai chiddu ca ha cumminatu?)

-        Che cosa ha fatto tanto di male che mi hai impedito di mangiare questa bella pastina con il brodetto di carne che stavo gustando, proprio oggi, con vero piacere?
Mi è sembrato il tuo gesto, un vero tradimento, moglie mia.
Proprio, un attentato al mio stomaco delicato e alla mia salute.

(E chi fici di mali ca m'impedisti di mangiari sta bedda pastina cu brudiceddu di carnu ca ma stava gustannu, popriu oggi, cu veru piaciri?
Sì propriu traditura, muggheri mia.
Sì n'attentatu o me stomacu e a me saluti!)

- Alla salute e al tuo stomaco pensi in questo momento?
Perché non ascolti ciò che questa emerita svergognata ha da dirti?
Novità, quelle nere, ha da svelarti e se ne deve assumere tutta la responsabilità e le conseguenze.

(Puri a saluti e o stomacu pensi ni stu mumentu?
Pirchì nun senti chiddu ca sta svriugnata t'hava a diri?
I novità di chiddi niuri, idda l'ha comunicari e s'hava a pighiari a responsabilità e i conseguenzi.)

- Vediamo vah…
E allora?
Quali sono queste cattive notizie!
Tu figlia, parla una volta per tutte, giacché oramai mi hai fatto passare la voglia e il piacere di mangiare.

(Videmu, vah…
E allura?
Quali sunu sti malanovi?
Tu figghia, parra na vota pi tutti vistu ca oramai mi facistivu passari u piaciri di mangiari.)

- Papà, disse Stefania, facendosi pietosa in viso e dolce, coccolandosi tutta, come una bimbetta innocente e amabile.
Certamente… devo dirti…
Non so… non mi viene la parola giusta.
Non mi esce dalla bocca.
Che posso farci?

(Papà, disse Stefania, iu… veramenti… t'haiu a diri…
Nun sacciu…
Nun mi veni a parola giusta.
Nun mi nesci da vucca…
Chi ci pozzu fari?)

- Parla! Disse la mamma.
Altrimenti te ne do tante di quelle legnate che ti faccio venire subito la ragione.
Sbrigati e falla finita così tuo padre può riprende a mangiare e terminare quella pastina che gli piace molto…

(E parra! Disse la mamma.
Se nò, ti ni dugnu tanti di chiddi lignati ca ti fazzu veniri a 'ntisa.
Allibertiti e falla finita accussi tò pà ripigha a mangiari a pastina ca ci piacì assai.)

- Papà… Disse Stefania tutto d'un fiato.
Ecco!
Sono incinta?
Adesso te l'ho detto?

(Papà ... Disse tutto d'in fiato.
Ecco...
Sugnu incinta?
Ora tu dissi!)

-        Incinta?

('ncinta, gràvida?)

-        Proprio così!
In gravidanza.
Aspetto ... insomma... un bambino.
Come te lo devo dire in italiano, in tedesco?

(Sì è accussì!
Propriu in gradidanza!
Aspettu insumma... nu picciriddu.
Comu ti l'haiu a diri in italianu, in tedescu?
Divintasti surdu?)

-        Incinta?

-        Sì.
Proprio.

-        Veramente incinta.... Incinta...
Cioè gravida... ?

-        Sissignori!
Sintisti giustu.

-        Disgraziata, sventurata... svergognata...
Femmina da quattro soldi... e pure bottana...
E con chi lo hai fatto questo strunziceddu?
Tu moglie, sei sicura che questa scema di tua figlia afferma la verità?
Oppure scherza?
Cretina e vanesia com'è, è capace che neanche lei si renda conto di nulla.
Tu lo sai che cosa vuol dire questo?
Che tu sei stata...
Hai fatto ...
Ti sei fatta ... fottere... sbattere ... insomma.

(Disgraziata, sventurata, svriugnata.
Fimminazza di quattu soldi e pure bottana...
E cu cui u facisti stu strunziceddu?
Ma tu, muggheri, sì sicura ca chista scema di to figghia dici a virità!
Oppuri babbia.
Cretina e imbambolata com'è, è capaci ca macu idda si ni renni cuntu!
Ma tu u sai chi vordiri chistu?

Ca tu ha statu...
Ha fattu....
Ti facisti.... futtiri, sbattiri ... insomma...!)

-        Sì papà ... così proprio fu!
Se tu la chiami in questo modo!
Fu come tu dici.
Una fottuta in poche parole.
Mi piacque e me la sono voluta fare.
Chi c'è di male?)

(Sì papà...
Accussì fu!
Si tu a chiami ni stu modu?
Fu propriu comu dicisti.
Na futtuta in paroli poviri.
Mi piaciu e ma vosi fari?
Chi c'è di mali?)

-        Sentite un poco come parla questa sdisonorata!
Che linguaggio usa...
Come fosse una di strada.
Tieni....
Intanto, pigliati questo sonoro schiaffo ...
E poi... quest'altro ...
Disgraziata e maledetta e ancora bottana e più di prima...
A casa mia queste vergogne?
Non posso crederci.
Sei ancora una ragazzina.
Che ne sai tu di queste cose?

(Talìa comu parra sta sdisonarata!
Che linguaggiu usa...
Comu fussi una di strata.
Teh!
Intantu pighiati chista bedda tumbulata!
E poi st'autra....
Disgraziata e maliditta e ancora chiu bottana... di prima.
A me casa sti cosi?
Nun ci pozzu cridiri!
Ma ancora sì na picciridda.
Chi ni sai tu di sti cosi?)

-        Le sa queste cose! Disse mamma Filomena, convinta e rilassata come se si
fosse sgravata lei, da quel grave peso.
Le conosce, eccome .... meglio di me e di te!
Te lo dico io che quella svergognata, non solo queste cose le sa, ma le ha anche
fatte, con la volontà, col pensiero e con la carne.
Adesso te ne sei convinto?

Ti sei reso perfettamente conto di ciò che ha combinato?
Non avevo forse motivo d'essere arrabbiatissima marito mio?
Adesso cosa facciamo?

(I sapi sti cosi! Disse mamma Filumena, convinta e più rilassata come se si fosse sgravata lei da quel grave peso.
I sapi megghiu di tia e di mia.
Tu dicu iu, ca chidda sventurata, sti cosi nun sulu i sapi, ma i fici cu tutttu u cori, ca vuluntà, cu pinzeri e ca carni.
Ora ti cunvingisti?
Ti rinnisti cuntu di chiddu ca cumminò?
Nun haviva ragiuni di essiri incazzata orba, maritu miu?
E ora chi facemu?)

-        Che c'è da pensare? Disse Samantha.
Il bimbo deve nascere.
Non c'è altra via.

(Chi vuliti fari? Disse Samantha.
U picciriddu hava a nasciri!
Nun c'è autru da fari.)

-        Nascere?
Chi nasce?
Chi è che deve nascere?
In questa casa nessuno e nulla nasce senza il mio permesso e la mia volontà, neanche una mosca.
Figuriamoci un moccioso in carne ed ossa.
C'è piuttosto da prendere subito un provvedimento!
Tu moglie pensaci subito e chiudiamo questa situazione infamante e vergognosa per la nostra famiglia.
A questa disgraziata come le sono venute in testa fare certe cose?
La credevo un angelo del paradiso, una creatura ingenua che sconoscesse certe faccende sporche.

(Nasciri?
Chi nasci?
Cu è ca nasci?
Cà, ni sta casa, nuddu e nenti nasci senza u me pirmissu e a me voluntà, mancu na musca.
Figuramici un picciriddu in carni ed ossa.
Cà c'è da pighiari subitu nu pruvvidimentu!
Tu muggheri, pensaci subitu e chiudemu sta situazioni infamanti e virgugnusa pa nostra famighia.
Ma sta disgraziata comu ci vinni in testa di fari sti cosi!
Iu ca a cridiva n'angilu du paradisu e ca scanusceva certi cosi lordi….)

-        Francì! Invece ti sbagliavi.

Oggi i giovani non ci pensano due volte a fare quello che ai nostri tempi era semplicemente vergognoso e scandaloso.

Si passano i piaceri come e quando vogliono e poi.... a quel che succede, non fanno caso

Se ne fregano un cazzo di ciò che può capitare, perché sono sbandati e pure privi di sentimento.

Del resto, proprio tu, come padre, puoi dire, d'essere stato mai presente nella sua vita?

Ti sei tenuto sempre lontano, buono solo a dare, se è vero, la buona notte e il buon giorno.

Poi hai lasciato a me tutti i pensieri e le preoccupazioni.

Mai hai dato uno schiaffo, un rimprovero serio d'ammonimento.

Hai detto sempre... è piccolina...

Lasciamole fare quello che vuole...

Accontentiamola.

(Frasciscuzzu, inveci ti sbaghiavi!

Pirchì oggi, i carusi, nun ci pensunu du voti a fari chiddu ca ni nostri tempi era vergugnusu e scandalusu.

Si passunu i piaciri comu e quannu vonnu e poi, chiddu ca succesi... succedi.

Nun s'importunu d'un cazzu di conseguenzi, pirchì sunu sbannuti e privi di sintimentu..

Del restu, tu, comu patri... pò diri ca ha statu presenti na so vita?

Ha statu luntanu, capaci sulu di dari, se è veru, a bona notti e u bon giornu.

Poi, ha lassatu a mia tutti i pinseri e i preoccupazioni.

Mai, ca c'hai datu na tumbulata, na sgridata seria e d'ammunimentu.

Ha dittu sempre ca è picciridda... lassimici fari chiuddu ca voli... accuntintamula!

E ora pighiamuni chistu pi ricompensa.)

-        Adesso che vuoi dire, che la colpa di tutti i suoi porci comodi è solo mia?

Sono io la causa del disonore di questa disgraziata e bottana?

Lo dicevo che aveva un certo carattere vanesio e scimunito.

Invece... lei, furba e compiacente... si è concessa al primo venuto e poi...

Ha preso tutto da sua madre!

A proposito chi è quel disgraziato infame?

Appena lo saprò ne farò tritato, salsiccia.

(Chi voi diri ca a curpa di tutti i sò porci comudi è sulu mia?

Ca sugnu iu a causa di stu disonuri, di sta disgraziata e bottana?

U diciva ca c'havi u tò carattiri.

È na vera scumminata.

Si concessi o primu vinutu e poi...

Pighiò tutta di so mà!

A propositu cu è stu disgraziatu e 'nfami?

Appena u sacciu cu è, ni fazzu sasizza!)

-        Che hai detto?

Che tua figlia assomiglia a me?

Perché io bottana sono?

Io innocente fui alla sua età.
Da ragazza, solo te ho conosciuto nel vero senso carnale della parola e nulla sapevo delle cose della vita.
Tutto ciò che so, l'ho imparato da te svergognato e ora m'accusi d'essermi concessa prima del matrimonio?
Sei ingrato, disonorato e pure bastardo.

(Chi dicisti?
Ca to figghia assumigghiò a mia?
Pirchì iu bottana sugnu?
Iu innucentuzza fui a so età.
Quann'era carusa sulu a tia canusciu, nu veru sensu carnali da parola e nenti sapiva di cosi da vita.
Tuttu chiddu ca sacciu m'umparasti tu disgraziatu e ora m'accusi ca mi cuncessi a tia prima du matrimoniu?
Sì 'ngratu, sdisanuratu e bastardu.)

-        Stai zitta e non parlare più!
Sempre bottana fosti.
Parla tu adesso puttanella!
Dimmi il nome di quel bastardo se no ti metto a pane e acqua, chiusa nella tua stanza a chiavi e ti farò uscire solo quando pronuncerai il suo nome.

(Statti muta e attuppati a vucca!
Sempri bottana fusti.
Parra ora tu bottanedda!
Dimmi u nomi di chiddu crastu se nò, ti mettu a pani e acqua, chiusa a chiavi, na to stanza e ti fazzu nesciri sulu quannu dici u so nomi.)

-        Non gridare così Franciscu, altrimenti t'aumenta la pressione.
Calmati!
Non fare spaventare la bambina.
Non lo vedi come trema?

(Nun gridari accussì Franciscu, ca poi t'aumenta a prissioni.
Carmati!
Na fari scantari a picciridda!
U vidi comu trema.)

-        Bambina un cazzo!
Adesso trema?
Quando ha fatto quelle porcherie non si è messa paura?
Lei mi deve dire il nome di quel figlio di buona donna che ha approfittato della sua innocenza e l'ha violentata.

(Picciridda un cazzu!
Ora trema, ma quannu fici ddi cosi lordi nun ni ebbi timuri?
Idda m'ha diri u nomu di ddu bastardu, figghiu di so mà, ca approfittò da so innocenza e ca a violentò.)

-        Che violenza e violenza!
Franciscu te la dico io tutta la verità su tua figlia?
Fu proprio lei che lo ha fatto venire in casa e poi, insieme, si sono messi a giocare, innocentemente e a furia di scherzare...
Tira questo e tira quest'altro...
Tocca qua... tocca là...
Fai questo e fai quest'altro, hanno sortito, alla fine, una bella frittata.
Così tua figlia mi ha detto e questo ti riferisco!
Veramente, io li avevo visti insieme nella sua camera.
Che cosa potevo pensare?
Che potevo capire?
Credevo che giocassero come fanno i ragazzini, innocentemente.

(Chi violenza e violenza!
Francì, ta dicu tutta a verità supra to figghia?
Fu propriu idda ca u fici veniri in casa e poi, assemi, si misiru a iucari innocentemente e a furia di babbiari...
Tocca chistu e tocca chista.
Tocca dda e tocca cà...
Fai chistu e chista..
All'urtumu... ficiru a fritata.
Accussì to figghia mi dissi e tuttu chistu ti ferisciu.
Iu, veramenti l'haviva visti assemi na so camera.
Ma chi pinsava?
Chi putiva mai capiri?
Cridiva ca iucavanu comu fanu i caruseddi, innocentemente...)

-        Ha fatto pure queste vergogne in casa mia?
Disgraziata e figlia di...
Non è possibile per un padre credere a queste cose.
Minorenne lei e minorenne lui.
In questo modo, noi sia stati fottuti di tutto punto.
Chi è?
Dimmi il suo nome altrimenti spacco tutto!
Ti rompo la testa e ti farò uscire quel sangue pazzo che hai addosso!

(Puri in casa mia fici sti virgogni?
Disgraziata e figghia di...
Non è possibili pi nu patri cridiri a sti cosi.
Minurenni idda, minorenni iddu e nui fummu futtuti di tuttu puntu
Cu è?
Dimmi cu è se nò spaccu tuttu!
E ti rumpu a testa e ti fazzu nesciri stu sangu pazzu...)

-        Va bene parapino caro.
Te lo dico subito ...
Si chiama...
Si chiama...

(Va beni papuzzu...
Tu dicu subitu.
Si chiama...
Si chiama...)

-        E dillu comu si chiama...
Allibertiti! (Sbrigati!)

-        Rosariu.
Rosario...
Rosario mio dove sei?
Vieni, vieni.

(Rosariu.
Rosariu...
Rosariu miu unni sì?
Veni veni...)

-        Che sta facendo questa disgraziata?
Ha il delirio?
Fa pure la sceneggiata?
Che fa sviene?
Fa finta.
Recita.

(Ma chi fa sta disgraziata?
C'havi puri u deliriu o fa a sceneggiata?
Chi fici, sviniu?
Idda fa a finta.
Recita.)

Dopo aver detto quel nome che lei non voleva pronunciare per l'evidente motivo e dopo quell'opportuno svenimento, si riprese come Dio volle. Scoppiò nuovamente in lacrime, di quelle che escono, solo se spremute ... posticce insomma.

Scappò via nella sua stanza, piangendo come se fosse stata riempita di botte, perche tale in coscienza si sentiva.

-        Papà! Disse agitata Samantha.
Lasciala andare dove vuole.
Lo vedi che è presa dai nervi?
Anche tu sei incazzato nero.
Adesso calmanti e ragiona.
Oramai il piccino, in un modo o in un altro, deve nascere.
Su questo non ci piove.
Come te lo devo dire?
Che colpa ne ha quell'innocente?
I bambini lo sai bene non si toccano.
La regola è questa.

Ciò che è successo oramai è cosa passata.
Convinciti.
Si deve pensare come fare senza troppo rumore e chiasso.
Senza troppe vergogne.
Sei convinto papà?

(Papà! disse agitata Samantha.
Lassala iri unni voli.
U vidi ca è pigghiata di nervi.
Puri tu sì incazzatu niuru.
Ora carmati e ragiuna.
Oramai, u picciriddu, in un modu o nill'autru, hava a nasciri.
Supra a chiustu nun ci chiovi!
Comu ti l'haiu a diri?
Chi curpa havi u 'nuccentuzzu?
I picciriddi nun si toccunu.
A regula a sai qual è!
Chiddu ca fu fattu oramai è cosa passata.
Cunvinciti!
Ora s'hava a pinsari comu fari ogni cosa senza battaria e troppu chiassu.
Senza truppi vriogni.
Sì cunvintu, papà?)

-        Quel ragazzo che ha detto Stefania chi è precisamente?
Lo conosco?

(Ma dimmi na cosa… stu picciottu ca dissi chidda, cu è precisamente?
Armenu u canusci?)

-        Lo conosci papà ed anche benissimo.
È il figlio di Vincenzino il pecoraio!
Quel ragazzo che viene ogni mattina a portare il latte fresco in casa nostra.

(U canusci papà e puri beni.
È u figghiu di Vicinzinu u picuraru!
Chiddu picciottu ca veni ogni matina a purtari u latti friscu in casa nostra.)

-        Mi voglio fare la croce con la mano sinistra!
Il figlio di Vincenzino?

(Patri… Figghiu e Spiritu… Santu… e d'unni pighiu!
U figghiu di Vicinzinu?)

-        Sissignora papà!
Veramente … proprio … proprio … il figlio del pecoraio.

(Veramenti … propriu iddu papà!
Propriu…propriu… u figghiu du picuraru?)

\-   Allora ho un motivo in più per ammazzare meglio quella sbandata e malafemmina di tua sorella.

(Ma iu l'ammazzu megghiu a chidda sbannuta e malafimmina di tò soru.)

\-   Basta papà ...!
Che vuoi farci ormai!
Quella, come chiami tu, sempre tua figlia è.
Perciò la dovrai proteggere tu.
Altrimenti chi lo dovrà fare?
Forse il padre del ragazzo che è un povero sventurato?

(Papà basta!
Chi vo fari ormai?
Chidda sempri to figghia è.
Perciò si nun a pruteggi tu cu l'ha fari?
U patri du carusu ca è nu poviru svinturatu?)

\-   Chi?
Quel morto di fame che non ha neanche i soldi per comprarsi la bara per la sua morte?

(Cui?
Ddu mortu di fami, ca nun havi mancu i sordi pi accattarisi na vara pa so morti?)

\-   Vedi che hai inquadrato bene la situazione?
E adesso devi risolvere tu questa faccenda.
Non certo come dicevi prima ma come è giusto, umano e cristiano fare.

(U vidi ca u capisti?
E ora c'ha pinsari tu a sistimari i cosi.
Nun certu comu dicivi prima ma comu è giustu, umano e cristianu fari.)

\-   Quel ragazzo è forse...?
È quello secco e lungo che sembra non abbia addosso carne e tutte le sue ossa si possono pure contare?
Costui è proprio uno zero tagliato.
Uno sbarbatello senza neanche un pelo in faccia e sembra pure più piccolo di quant'è!

(Ma ddu picciutteddu è forsi?
È chiddu carusu siccu e longu ca pari ca nun c'havi carni di supra e l'ossa si ponu puri cuntari?
Se è chistu ca dicu iu è nuddu propriu ammiscatu cu nenti.
E' nu sbarbateddu senza mancu un pilu in faccia ca pari puri chiù nicu di quant'è!)

\-   Sì, papà!
Hai indovinato.
Non ti sei sbagliato di nulla.

(Sì papà!
È propiu chiddu.
Nun ti sbaghiastu propriu di nenti.)

-        Santissimi tutti del cielo!
Proprio su di me è caduta questa vergogna, questa sventura infame?

(Santissimi Santi tutti du cielu!
A mia happi a cascari sta vorgogna, sta sventura, infami?)

-        Papà!
Ti ho detto che le parole non servono oramai a niente.
Adesso devi passare ai fatti e sistemare decentemente questa faccenda.
I ragazzi li faremo sposare e poi col tempo vedrai che tutto si accomoderà.
Del resto tu di soldi ne hai in abbondanza.
A che ti servono?
Se i due innamorati si vogliono, fa che si sposino e così tutto si sistema.
Alla fine, papà, un fidanzato vale quanto un altro.
Se lei lo vuole, che se lo prenda, così resterà contenta e tu non potrai rimproverarti più nulla.
Fai tua figlia felice e lascia stare la vendetta, l'onore, la dignità, il potere, almeno con lei.
Metti tutto da parte e pensa soltanto alla gioia di quella ragazza che pure nella sua incoscienza, se vuole quel giovane, potrà vivere la sua vita come desidera.
Per il resto, ascolta me, non serve a niente recriminare.
Sistema tutto, per me, per te…. per tua figlia che così vuole.
E se è contenta lei lo saremo anche noi.
Che cosa mi rispondi papà?
Questa volta dovrai essere coraggioso e prendere la giusta decisione per la tua famiglia, quella veramente tua, personale.

(Papà!
T'haiu dittu ca i paroli nun servunu.
Ora ha fari i fatti e sistemari decentementi sta faccenda.
I carusi, i facemu maritari e dopo, cu tempu, tuttu s'accomoda.
Del restu, di sordi, tu ci n'hai abbastanza.
A chi ti servunu?
Se i dui picciutteddi si vonu, si maritunu, ed è tuttu beddu e sistimatu.
A fini, papà, nu zitu vali quantu n'autru.
Se idda u voli, su pighia, accussì resta cuntenta e tu nun ti po' rimproverari chiù nenti.
Falla filici a lassa perdiri a vendetta, l'onuri, a dignità, u poteri … armenu cu to figghia!
Metti tutto da parti e pensa a filicità di dda carusa, ca puri na so incuscenza, se voli stu picciotti, po' viviri a so vita comu a desidera.
Tuttu u restu, papà, ascutami, nun senvi a nenti.
Fallu pi mia, pi tia…. pi to figghia, se accussì voli.
E se è cuntenta idda nui puri saremu filici.
Chi dici papà.

Sta vota ha essiri curaggiusu, pa to famighia, chidda tua, pirsunali.)

-        Lasciami perdere Samantha!
Lasciami in pace.
Con queste parole mi tormenti.
Lo so che tu sei brava a parlare diritto al cuore.
Con te non si può dire diversamente.
Ottieni sempre quello che vuoi.
Alla fine…
Fate quello che volete.
Come desidera quella figlia scombinata e disgraziata.
Fatela contenta.
Dopo non fatemi sapere nulla perché sono troppo arrabbiato e addolorato.
Sistema tu le cose come hai detto.
Impartisci a tutti le disposizioni necessarie.
Sei saggia figliola cara, più di me e di dieci come me.
Vattene ora e fa quello che è necessario.
Chiudiamo definitivamente questa parentesi vergognosa.

(Lassami perdiri Samantha!
Lassami in paci.
Cu sti paroli mi tormenti.
U sacciu ca tu sai parrari drittu o cori.
Cu tia nun si po' diri diversamenti.
Mi fa fari chiddu ca voi tu.
All'urtimatu….
Faciti comu vuliti….
Comu voli dda sbannuta e disgraziata …
Facitila cuntenta.
E poi nun facitimi sapiri chiù nenti pirchì sugnu troppu incazzatu e adduluratu.
Va!
Pensaci tu a sistimari i cosi comu dicisti.
Duna a tutti i diposizioni necessari pi fari chiddu ca hai dittu.
Si saggua tu, figghia bedda, chiù di mia e di deci comu a mia.
Vattini ora…
Va a fari chiddu ca s'hava a fari.
Chiudemu cà sta vergogna.)

-        Bravo papà!
Oggi hai fatto una cosa che ti rende grande, generoso e magnanimo.
Ti voglio bene e desidero pure baciarti.
Te lo meriti veramente.
Come te, padre al mondo, non ne esistono.

(Bravu papà!
Oggi facisti na cosa ca ti renni granni, ginirusu e magnanimo.
Ti vogghiu beni e ti vogghiu puri vasari
Tu meriti veramenti.
Comu a tia, patri, nun ci n'è!)

-       Basta così!
Lo sai figlia che queste smancerie a me, non garbano tanto.
Però quando è mia figlia Samantha io mi sciolgo.
Divento uno scemo e mi sembra di prendere il mondo con le mani.

(Basta accussì!
U sai figghia ca sti smancerie, a mia, nun mi garbanu tantu…
Però, quannu mi vasa me figghia Samantha, squagghiu!
Diventu nu scemu e mi pari di pigghiari u munnu chi me manu.)

Quella faccenda fu risolta degnamente per la buona pace di tutti… E pochi giorni dopo, in casa di don Franciscu:

-       Antonio! Dove sei?
Muovitele queste natiche e sbrigati che mi sembri un vecchio di cent'anni!
Quanto sei lento!
Quando ti chiamo, sembrerebbe che tu viva in un altro mondo.
Che fai?
Che cosa pensi?
A sta minchia!
Che ti pago a fare?
Per pensare e per fare il sordo ah.

(Antoniu!
Unni sì?
E movatilli sti natichi ca pari un vecchiu di cent'anni!
Quantu sì lentu?
Quannu ti chamu parissi ca fussi nill'autru munnu.
Chi fai?
Chi pensi?
A sta minchia?
Chi ti paiu a fari?
Pi pinzari e pi fari u surdu?)

-       Sono ai comandi di voscenza!
Qua sono…
Stavo facendo un pisolino su quella sedia perché mi sentivo un poco abbattuto.
Lo capisce voscenza, che i pensieri, non mancano mai e in casa mia le disgrazie vanno e vengono come se quella fosse un casino.
La fanno da padroni.
Mi avviliscono e mi scombussolano il cervello e poi con tutto rispetto verso voscenza, non ragiono più.
Rimango stordito come un minchione di prima classe.
Che vuole adesso?
Mi dica cosa desidera.
Mi comandi.
A sua disposizione sono.

(Cumannassi voscenza!
Cà sugnu!

Mi stava facennu nu pisolinu assittatu ni chidda seggia ca mi sintiva nu pocu abbacchiatu.

U sapi vossignoria a ca i pinzeni, ne famigghi nun mancunu mai e a me casa, i disgrazie vanu e venunu, comu se chidda fussi nu veru casinu.

Sunu i veri patruni.

Mi fanu avviliri e mi stonunu u cirvellu e poi, cu tuttu rispetto versu voscenza, nun ragiunu chiù!

Restu sturdutu comu nu minchiuni di prima classe.

Chi boli?

Mi dicissi!

Cumannassi.

A sua disposizioni!)

\- Vai a chiamare subito il ragioniere Fifiddu.

Diglielo che ho premura e che non ho alcuna intenzione d'aspettare neanche una minchia di minuto.

Mi sono spiegato o te lo devo ripetere con la musica lirica?

(Vammi a chamari subitu u ragiuneri Fifiddu.

Diccillu ca haiu prescia e ca nun mi va d'aspittari mancu na minchia d'un minutu.

Mi sono spiegatu o ti l'haiu a diri ca musica lirica?)

\- Siete stato chiaro!

Anzi chiarissimo, voscenza vostra illustrissima.

Meglio di così si muore.

I comandi una volta sola me li dovete dare.

Mezza parola è pure troppa.

(Chiaru!

Chiarsissimu voscenza vostra illustrissima!

Chiù chiaru d'accussì si mori!

I cosi, na vota sula mill'haviti a diri.

Menza parola è già assai.)

\- E allora perché non ti muovi il sedere?

Perché non corri?

Scappa e togliti davanti ai miei occhi.

(E allura pirchì nun ti smovi quel culu?

Pirchì nun curri?

Scappa e levati davanti l'occi.)

\- Si vede che siete incazzatissimo stamattina!

Sto volando.

Non vede che volo?

Ci vuol poco e torno subito.

Quando voglio, so essere più agile di un picciotto perché voscenza non deve mai avere motivo di lamentarsi di me.

Per carità di Dio!

Tutto quello che comanda vossignoria faccio.
Anche a occhi chiusi lo eseguo.
E se mi dicesse di buttarmi da un precipizio per fare contenta voscenza mi butterei.

(Siti beddu incazzatu stamatina!
Staiu vulannu.
Nun viditi ca volu?
Ci mettu nenti e tornu subitu!
Quannu vogghiu, sacciu essiri chiù veloci d'un picciottu, pirchì voscenza, nun s'hava mai lamintari di mia.
Scansatini Signuri!
Chiddu ca cumanna vossignoria fazzu.
Cu l'occi chiusi u fazzu!
E macari ca mi dicissi di ittarimi d'un precipiziu iu, pi fari cuntentu a voscenza, mi ci iettu!)

-	La vuoi smettere con queste chiacchiere?
Va!
Vattene.
Come te lo devo dire con la tromba del giudizio universale?

(A vo smettiri cu sti chiacchieri?
Va!
Vattinni!
Comu ti l'haiu a diri, ca trumma du giudiziu universali?)

Fu così che il fedele Antonio, portò quell'ambasciata. Bisogna pur dire che fu veramente veloce tanto che appena ritornò da don Franciscu, quello gli disse:

-	Come?
Ancora qui sei?
Ti sbrighi una volta per tutte?

(Ma comu?
T'allesti?
Ancora cà si?)

-	Tutto fatto don Franciscu.
Il ragioniere Fifiddu mi disse che sta venendo tosto!
Immantinente!
Di prescia, insomma ...
Così mi ha detto e questo vi riferisco!
Sempre con tutto il rispetto che porto…
Adesso voscenza è contenta?

(Tutto fattu don Franciscu.
Mi dissi u ragiuneri Fididdu ca sta vinennu subitu!
Immantinenti.
Di prescia.

Accussì mi dissi e accussì ci riferisciu!
Sempri cu tuttu rispettu parrannu.
È cuntentu ora voscenza?)

-        Bravo Antoniuzzu mio.
Sei proprio indispensabili in questa casa!
Se non ci fossi tu, non saprei come fare.

(Bravu 'Ntoniuzzu miu.
Sì propriu indispensabili ni sta casa!
Si nun ci fussi tu comu avissi a fari?)

-        Grazie a voscenza.
Glielo avevo detto che sono veloce.
Eppure non mi crede quando parlo!
Adesso se n'è accorto che ho ragione?

(Grazie a voscenza.
Iu ci u dissi ca sugnu veloci.
Vossignoria, nun mi cridi quannu parru!
Ora s'innaccurgiu ca haiu ragiuni?)

All'arrivo del ragioniere Fifiddu, don Franciscu, si trovò seduto davanti al suo grande tavolo, con la lampada diretta a fare luce su quelle carte che, sfogliate e messe disordinatamente, a destra e a sinistra, non facevano altro che mostrare quegli occhietti, stretti e intensi di quell'uomo attempato, intento, soltanto, a sbirciare.

Non s'intravide la sua sagoma ma appunto quegli occhi profondi che furono più espressivi delle parole che subito pronunciò:

-        Ragioniere!
Che mi avete combinato questa volta?
Vi siete scordato che siamo alla fine del mese?
Lo sapete che dobbiamo fare i nostri "versamenti"?
Preparare le mazzette, insomma, per oliare la nostra macchina, il nostro motore.
Senza olio e senza ingrassaggio, il motore non scivola e il mondo non va più avanti.
Non so se mi spiego!
Senza, stride tutto l'ingranaggio e poi fa un rumore che introna e dà troppo ma troppo fastidio.
Di questi tempi, ci vuole l'olio, sempre e ovunque... purtroppo.
Sapesse quanto mi viene a costare?
Sempre e tutto bisogna oliare, altrimenti le nostre faccende, non vanno avanti velocemente con il rischio che s'inceppano e che tutto vada in malora.

(Ragioniè!
Che mi avete combinato questa volta?
Vu scurdastivu ca semu a fini misi?
U sapiti ca hama a fari i versamenti?

Preparare i mazzetti, insomma, chiddi ca servunu pi oleari a nostra macchina, u nostru muturi?
Senza ogghiu e senza grassiceddu, u muturi nun sciddica, e u munnu nun camina.
Mi sono spiegato?
Stridi tuttu l'ingranaggiu e poi fa nu rumuri ca 'ntrona a duna troppu fastidiu.
Ci voli l'oghiu.
Sempri e ovunque… purtoppu.
Sapissi quantu mi veni a custari!
Sempri e tuttu s'hava oliari se nò, i nostri affari nun ponu iri lisci, cu rischiu ca s'inceppanu e vanu in malora.)

-       Sante parole sono le vostre don Franciscu!
Siete saggio e previgente come sempre.
Non avrei mai scordato le vostre scadenze
Per nessun motivo.
Questi sono tempi troppo disgraziati.
Forse perché quasi tutti hanno una mentalità diversa d'allora.
Sono assetati e vanno cercando di far soldi come dei disperati, come se non sapessero come fare per arricchirsi presto e congruamente.
È mai possibile che la gente sia quasi tutta corrotta?
Sono contate le persone oneste.
Non c'è più al mondo religione.
Una volta si doveva usare tanto tatto e studiare i modi per convincere certa gente a intascarsi la mazzetta.
Adesso, invece, solo loro che la chiedono.
Stabiliscono pure quanto vogliono e lo dicono in anticipo, chiaramente, a scanso di equivoci e malintesi.
Non c'è più rispetto don Franciscu carissimo!
Non una regola, né un orientamento preciso.
Ognuno che arriva e comanda soltanto un poco perché ha il potere politico o amministrativo, vuole, chiede, impone la sua parte, la percentuale.
Si può campare così?
Proprio no!
Non si può più andare avanti in questo modo.

(Santi paroli sunu i vostri don Franciscu!
Siti saggiu e previggenti comu sempri.
Chiffà mi putiva scurdari sti scadenzi?
Mancu pi chì!
Chisti sunu tempi troppu disgraziati
Forsi pirchì quasi tutti hanu na mentalità diversa rispettu a na vota.
Sunu tutti arsurati di sordi e addannati comu si nun sapissuru comu fari p'arricchirisi chiù prestu e congruamenti.
È possibili mai ca a genti è quasi tutta corrotta?
Cuntati sunu chiddi onesti.
Nun c'è nancu chiù religioni.
Prima, a ddi tempi, s'aviva usari tantu tattu e modi studiati pi cunvinciri a genti a pighiari a tangenti.
Ora inveci sunu iddi ca t'ha dumannunu.

Stabilisciunu puri quantu vonu e u diciunu puri in anticipu, chiaramenti, a scanso d'equivoci e malintesi.
Nun c'è chiù rispettu don Franciscu du me cori!
Nun c'è chiù na regula nè n'orientamentu precisu.
Ognunu c'arriva e cumanna tanticchia pirchì havi u poteri politicu e amministrativo, voli e addumanna a so parti, a percentuale ...
Si po' campari accussi?
No!
Nun so po' ghiri avanti ni stu modu.)

-        Lasciamo stare questo discorso, ragioniere, perché è troppo lungo e complicato.
Di questi corrotti, se ne dovrebbe fare un fascio di legna da ardere, da brace.
La disonestà è troppo vasta in questo tempo disgraziato e quando dicono che il nostro paese è in crisi, vuol dire che stiamo pagando il prezzo della corruzione, che si è estesa a macchia d'olio ed è diventata incontrollabile.
Il latrocinio lo fanno quasi... quasi tutti.
Questa è la verità; pochissimi ne sono esclusi.
È proprio incontrollabile ma è alla vista di tutti.
Le prigioni, le galere quelle vere di una volta, dovrebbero essere piene di ladroni e gente corrotta.
Tutti lo notano come questi rubano eppure nessuno parla.
Ci vorrebbe un nuovo diluvio universale per pulire questo mondo maledetto e truffaldino.

(Lassamu perdiri stu discursu ragiunè ca è troppu longu e difficili.
Ca ci fussi di fari, di sti corrotti, un fasciu di ligna da braci.
A disonestà è truppu forti ni stu tempu disgraziatu e quannu diciunu ca u nostru paesi è in crisi, chistu significa ca stamu pagannu u costu da corruzioni, di chistu precisu malcostumi ca si è allargatu a macchia d'ogghiu ed è incontrollabili, pirchì u fanu oramai quasi .. quasi .. tutti.
Pochissimi esclusi.
Incontrollabili certamente e puri a vista d'occhiu!
I galeri avissiru a essiri chini di sti mallatrunu e genti corrotta.
Tutti u videmu comu chisti arrobbanu, ma nuddu parra.
Ci vulissi nu novu diluviu universali pi puliziari stu munnu malidittu e truffaldinu.)

-        Avete ragione don Franciscu.
È inutile rodersi il fegato!
Ditemi adesso le mazzette che dobbiamo predisporre questo mese.

(Aviti ragiunu, don Franciscu,
A chi servi pigghiarisi colliri?
Dicitimi ora i mazzetti che hamu a priparari stu misi!)

-        Dovete predisporre, oltre le solite tangenti che sapete, altre tre buste e vi dovete mettere, in contanti, quindici milioni a testa.
Si devono consegnare all'onorevole, Pesce Molle; Cresta di Gallo e Minchia Fritta.
Avete capito a chi mi sto riferendo?

No ragioniere?

(È necessariu priparari, oltri chiddu ca sapiti, autri tri busti e c'havi a infilati, in contanti, chinnici miliuni a testa.
S'hana a cunsignari all'onorevole, Pisci moddu, Cresta di Gaddu e Minchia fritta.
U capiti a cui mi staiu riferennu!
No, ragioniè?)

- Certamente!
Con queste parole avete fatto la fotografia di quei mangioni, ingordi e avidi.
E poi?
A chi altri dobbiamo mettere all'ingrasso?

(Comu nò!
Cu sti paroli ci facistivu a fotografia di chiddi mangiuni, ingordi e avidi.
E poi?
A cui hama a mettiri all'ingrassu?)

- La lista purtroppo non è finita qui.
Avvisate l'appaltatore Minichino, perché deve terminare la villa, gratis, a quegli scrocconi e non si scordi, inoltre, d'aggiustare anche la barca di sedici metri per le vacanze.
Il costruttore Mastrangelo deve completare il lavoro al senatore Tagliuzzedda ...
Al tappezziere Cirillu, gli dici che si metta a disposizione del sindaco e al tassista Sasà, ricordagli che deve accompagnare, sempre gratis, la moglie e i figli dell'assessore Pirlu, a mare, per tutta la stagione.
Non ti dimenticare di fare verniciare la macchina, al vice sindaco e al Presidente della Provincia manda poi, a mesi alternati, il pesce migliore che c'è sulla piazza, perché lui dice che i suoi figli, se non hanno il pesce fresco di giornata, non lo mangiano.
Che vuoi farci ragioniere mio?
Questo c'impone la vita d'oggi.
La gente, in questi tempi, è troppo avida e ingorda.
Prima era più modesta, contenuta e i marpioni non erano così tanti.
Naturalmente, per tutto quello che c'è da pagare, provvedi per conto mio.
Paga tutto con la cassa della famiglia a quei disgraziati che, alla fine, dovranno restituire almeno il doppio di quello che si prendono.
Del resto a loro non interessa più di tanto.
Paga sempre il popolo, la pubblica amministrazione.
Secondo quei ladri, la cosa pubblica è di tutti, e nello stesso tempo di nessuno, perciò la possono sperperare e disporre a piacimento e lo fanno senza fastidio, né grandi dolori.
Eppure, prima o dopo, le forze dell'ordine dovranno mettere le cose a posto e scoprire come fanno taluni disgraziati ad arricchirsi, con uno stipendio da morti di fame che prendono nella pubblica amministrazione.

(A lista purtroppo nun finiu ca.
Avvisati all'appartaturi Minichinu in modu ca ci finisci a villa, gratis a chiddu scruccuni e ca poi ... nun si scorda d'aggiustarici puri a varcuzza di sidici metri.

U costutturi Mastrangelu hava a completari u travaghiu o senaturi Trigliuzzedda.

O tappezzieri Cirillu, ci dici, ca si metti a disposizioni du sinnicu e u tassista Sasà hava accunpagnari aggràtissi a nugheri e i figli dell'assessori Pirlu, a mari, per tutta a stasciuni.

Nun t'ha scurdari, di farici verniciari a machina o vici sinnicu e o presidenti da provincia mannatici, un misi sì e un misi nò, na cassetta du megghiu pisci ca c'è, pirchì iddu dici ca i sò picciriddi, si nun hanu u pisci friscu, nun mangianu.

Chi ci vo fari ragiunereddu miu?

Chista è a vita d'oggi!

A genti, ni sti tempi, è troppu mangiataria e ingorda.

Prima era più modesta, contenuta e i marpiuni nun eranu accussi insaziabili.

Naturalmenti tuttu chiddu ca c'è di paiari, paga pi cuntu miu.

Paga tuttu, ca cassa da famighia ca chiddi disgraziati, prima o dopo, hana restituiri armenu u doppiu di chiddu ca si pighiunu.

Del restu a iddi nun c'interessa chiù di tantu.

Tantu ... paga sempri u populu e u pubblicu.

Secunnu chiddi ladruna, i cosi pubblici, sunu di tutti e di nuddu e perciò si ponu sperperari e disporri a piacimentu e u fanu senza fastidiu né duluri.

Ma prima o dopu, i forzi dell'ordini, hana a mettiri i cosi a postu e scopriri comu fanu a arricchirsi e a campari da veri signori certi disgraziati, cu nu stipendiu ca pighiunu di morti di fami na pubblica amministrazioni.)

La decisione sospesa

Era quello che stiamo descrivendo, un pomeriggio d'estate. L'ora in cui il tempo rinfresca l'aria e lascia attorno agli uomini un alone di mistero e una voglia profonda di parlare, pacatamente.

Piace anche ascoltare la propria voce farsi penetrante e incisiva perché rilassata, calma, senza preconcetti e senza voglia di sopraffazione, per il semplice gusto di chiacchierare in buona compagnia.

 Eccoli seduti lì i nostri due personaggi. Padre e figlia

Le stelle, in quel cielo sereno blu luccicavano e tutto sembrava come in pieno giorno, assieme alla luna che si era predisposta come se volesse fare l'occhialino a quelle persone della terra che volevano avere il piacere di guardarla e di scrutarla.

Ciascuno dei nostri due personaggi si lasciava trastullare su una sedia a dondolo. Don Franciscu era messo nella parte interna di quella veranda al piano terra.

Poco distante, a un tiro di voce, circa due metri, la figlia Samantha chiudendo gli occhi aspirava lentamente la fragranza che in quelle ore di tardo pomeriggio, i fiori si divertivano a emanare con generosità, nell'aria leggera e pura di quella villa.

Il vecchio disse:

-       E allora Samantha!
Hai riflettuto sulla mia proposta?
Hai un'idea di ciò che vuoi fare?
L'impero che ho creato con "Cosa Nostra" ti senti di portarlo avanti?
Quanto prima, la vita mi abbandonerà ed io ti confesso di non aver fatto troppo danno.
Del resto, ognuno agisce come ritiene giusto.
Forse tu non ci crederai ma per conto mio la coscienza ce l'ho a posto.
Tu piuttosto, dimmi una cosa.
Che ne pensi del mio progetto sul tuo fututro?
Il lavoro che eventualmente ti spetterebbe è molto oneroso e rischioso.
Per un estraneo, potrebbe risultare pericoloso e ardimentoso, ma per te, che sei mia figlia, tutto potrebbe filare liscio come l'olio.
Conosci ogni cosa e ogni fatto della mia vita e di questa organizzazione perfetta della "Sacra Famiglia" di Cosa Nostra.
Sai di chi ti devi fidare e da chi stare alla larga.
Sei in grado di gestire, senza complicazioni, tutto quello che succede in questo impero che ho costruito.
Nessuno dei nostri amici, dico dei capi, potrà lamentarsi nel caso tu dovessi deciderti di prendere le redini, perché io non avrò scelto né l'uno né l'altro.
Lascerei l'eredità a mia figlia e non a un estraneo qualsiasi di cui, chiunque, potrebbe ingelosirsi.

(E allura, Samantha!
Ci pinsasti a proposta ca ti fici?
T'ha facisti n'idea di chiddu ca vo fari?
Tuttu stu puteri ca haiu criatu ti senti di purtarlu avanti tu?
Quantu prima, a me vita, mi lassa ed iu, ti cunfessu, nun mi sentu d'aviri fattu troppu dannu.
Del restu, ognunu fa chiddu ca si senti in cuscenza.
Forsi nun ci cridi ma pi cuntu miu ci l'haiu a postu.
Tu, chiuttostu, dimmi chi ni pensi di tutta sta storia ca t'haiu cuntatu.
U travaghiu ca eventualmenti t'aspetta è daveru assai onerusu.
Pi unu stranu, fussi piriculusu e ardimintuso, ma pi tia, ca sì me figghia, i cosi ponu filari lisci comu l'ogghiu.
Canusci ogni cosa o ogni fattu da me vita e di chistu sodaliziu perfettu, da "Sacra Famighia" di Cosa Nostra.
Sai di cu t'ha fidari e di cui stari a larga.
Sì, in gradu, di gestiri senza complicazioni tuttu chiddu ca succedi ni sta organizzazioni ca iu haiu volutu.
Nuddu di l'amici nostri si po' offenniri se decidi di pighiari i redini pirchì iu, nun haiu sceltu l'unu o l'autru, ma lassu l'eredità me figghia, non a unu stranu ca si putissi ingilusiari.
Chi dici figghiuzza?)

-        Il potere, papà, è una cosa bella e m'affascina molto.
Lo conosco e lo so pesare, graduare ma non mi faccio sopraffare.
So con chi essere inflessibile e con chi essere morbida.
So orientarmi bene e governare tutta questa gente che certe volte fa il diavolo a quattro e meriterebbe la forca.
So gridare e impormi fortemente con chi mi vuole vedere sottomessa; mi rendo ben conto quando mi tocca fare silenzio e quando parlare poco o assai.
È vero, hai ragione tu, a dire che mi so muovere bene in quest'ambiente difficile e pericoloso e che la fiducia la devo riporre solo in me stessa.
Mi rendo pure conto che se la metto nelle mani di qualcuno rischio la morte certa.

(Papà u puteri è na cosa bedda e m'affascina assai.
U canusciu e u sacciu pisari, graduari e nun mi lassu duminari.
Sacciu cu cui fari a dura e cu cui essiri menu inflessibili.
Mi sacciu arriminari e pozzu guvirnari tutta sta genti ca certi voti fa u diavuli a quattru e meritassi a furca.
Sacciu gridari e impormi chiù forti di chiddu ca mi voli sottomettiri e sacciu quannu haiu a fari silenziu e quannu parrari pocu o assai.
È veru, hai ragiuni tu, ca mi sacciu arriminari ni stu ambienti difficili e piriculusu unni a fiducia è sulu ni mia stissa.
Mi rennu contu ca si a mettu ni manu di quarcheduno rischiu a morti sicura.)

-        Figlia mia se non accetti tu di reggere questa nostra organizzazione, dove andrà a finire?
In quali mani cadrà?
Finirà tutto il mio lavoro di una vita così, malamente?
Vuoi che perdiamo tutto in un solo colpo?

Arrivati a questo punto, non mi sento di aggiungere null'altro perché dopo che muoio, alla fine, non m'importa più di una minchia.
Te, tua madre, tua sorella, come vi lascerò?
Lo vorrei sapere prima che arrivi il mio tempo, perché le mie faccende, desidero lasciarle possibilmente sistemate, in modo che quando avrò chiuso gli occhi, non succeda una guerra tra bande rivali interne.
Tra teste calde che, a fare scoppiare la fine del mondo, spargendo lacrime e sangue ci stanno poco.
Se invece le cose le lascerò già definite e accettate da tutti questi disgraziati, infami e traditori che non aspettano altro che la mia morte; se ti ripeto, riconosceranno la persona che designerò, allora, non avranno più nulla da aggiungere.
Vorrei evitare che si facciano venire strani grilli per la testa.

(Figghiuzza bedda, si nun pighi tu i redini, tuttu stu beni di Diu unni va a finiri?
In manu di cui?
Finiscisci tuttu u me travaghiu di na vita.
Accussì, malamenti.
Tu vo ca pirdemu tuttu?
Iu nun ti pozzu diri nenti pirchì dopu ca moru nun m'importa na minchia.
Ma a tia, a tò mamà e to soru, comu vi lassu?
L'haiu a sapiri prima du me tempu, pirchì i cosi i vogghiu lassari sistimati, in modu ca quannu chiudu l'occhi, nun succedi na guerra tra banni rivali interne e tra testi caudi, ca a fari scuppiari a finu du munnu, spargennu lacrimi e sangu, ci stanu nenti.
Se inveci i cosi i lassu già decisi, definiti prima e accettati di tutti chisti disgraziati, infami e tradituri, ca nun aspetunu autru ca a me morti, si ti ripetu, ricanusciunu a pirsuna ca iu designu dopu, tutti silenziu e pipa hana a fari!
Se nò, i sistemu prima iu, per evitari ca iddi si fanu veniri strani griddi pa testa.

-        Papà, di sicuro, questo peso che vuoi lasciarmi è una cosa veramente sconvolgente per me.
Te lo ripeto… non mi spaventa la responsabilità.
Ci sono abituata e poi, con un maestro come te, mi parrà gestire la solita minestra!
Sento però, qualcosa, dentro di me … che mi fa inquietare.
Non saprei come dirtela.
Come spiegartela.
Mi fa dire che per una donna, queste commistioni, spesso efferate, non sono adatte alla nostra natura.
Che insomma, non possa sentirmi a mio completo agio a portare avanti questo gigantesco impero.
Mi dispiacerebbe, d'altra parte, lasciare nelle mani degli estranei tutto, col rischio che il lavoro di mio padre, sia vanificato, distrutto e possa prendere una piega diversa, decisa dal nuovo capo che potrebbe sconvolgere l'ordine dando un'impronta diversa.
Ancora non ho deciso, non sono convinta veramente, anche se sento, nelle mie vene, la volontà di portare avanti il tuo nome e quello di questa grande famiglia.
Una famiglia, questa nostra, che oggi è solida e resistente ma che ha raggiunto un perfetto equilibrio grazie a te.
Oggi sembra ci sia una pace duratura, una stabilità forte come l'acciaio.

Però, in certi momenti, nel nostro ambiente pericoloso, può capitare, per un motivo apparentemente futile, che talune situazioni diventino sottili e delicate come un filo di lana.
Non so proprio che dirti papà.
Ancora non ho deciso.

(Papà di sicuru, chistu pisu ca mi vo dari è na cosa veramenti troppu ranni.
Tu ripetu, nun è ca mi scantu da responsabilità.
Ci sugnu abituata e poi cu nu maestru comu a tia nenti mi pari!
Però sentu ca c'è quarche cosa dintra di mia…
Chi sacciu…
Nun tu pozzu spiegari beni comu vulissi…
Mi dici ca pi na fimmina… certi cosi efferati e spietati, nun sunu adatti a nostra natura.
Nun sacciu… se ma sentu di portari avanti tuttu stu imperu.
Mi dispiacissi lassari ni manu dill'estranei chistu puteri, cu rischiu ca u travaghiu di me patri veni vanificatu e distruttu e pighiassi n'autra piega, chidda decisa du novu capu, ca putissi rivoluzionari tuttu.
Ancora nun haiu decisu e nun sugnu cunvinta veramenti, macari ca sentu nu sangu, di purtari avanti u to nomi e chiddu di sta ranni famighia.
Na famighia, a nostra, forti, resistenti e larga, unni sulu tu riniscisti a truvari e purtari l'equilibriu.
Oggi pari na paci duraturua comu l'acciaiu, ma in certi mumenti, nu stu nostru ambienti piriculusu, rischia, pi nu motivu apparentementi stupidu, di divintari sottili e delicatu, comu nu filu di lana.
Nun sacciu propriu chi diriti papà.
Ancora nun haiu decisu.)

-        Come vuoi figliola cara.
Tu te la devi pensare!
Se non sei convinta fai ciò che ti senti nel cuore.
Alla fine, chiudendo gli occhi me ne fotto di tutto e poi, pace all'anima mia.
Di me, col tempo… non si ricorderanno neanche il nome …
Di sicuro c'è che non sono più un ragazzo e mi sento già d'avere un piede sopra la fossa.

(Comu vo figghiuzza mia!
Tu ti l'ha pinzari!
Si nun sì cunvinta fai chiddu ca ti senti nu cori.
All'urtimata, iu chiudennu l'occi, mi ni futtu di tuttu e poi paci all'anima mia.
Cu tempu… nun si ricorderannu mancu u me nomi.
Di sicuri c'è, ca carusu nun sugnu e mi sentu d'aviri oramai nu pedi supra a fossa.)

-        Che vai dicendo queste cose strane papà?
Mi vuoi fare arrabbiare?
Ancora altre cent'anni puoi campare!
Ti mantieni giovanile e puoi dare filo da torcere al migliore uomo di questa zona.
Lo dici sempre tu.
Non è vero?

(Chi va dicennu papà sti cosi strani?
Mi vo fari preoccupari?
Ancora cent'anni ha campari!
Ti manteni picciutteddu e puoi dari filu di torciri o megghiu homu da zona.
U dici sempri tu.
Nun è veru papà?)

-        Non è proprio così!
Dico quelle cose, per non farmi mettere sotto i piedi dagli estranei, ma con te, la verità la devo dire per forza cara figliola.
Il tempo passa… e per i vecchi corre… eccome!
Ancora più velocemente.
Anche se è così, tutto sommato, non mi dispiace proprio.
Adesso vado a coricarmi.
Sono veramente stanco!
La spossatezza che mi sento addosso arriva sino al midollo delle mie ossa.
Mi ritiro altrimenti tua madre, quando mi butto sul letto, mi dice che la disturbo, che le faccio sparire il sonno e poi non riesce più a chiudere occhio per colpa mia.
Notte Samantha.

(Comu nò!
Ma u dicu, pi nun farimi mettiri i pedi in faccia dall'estranei, ma cu tia, a virità l'haiu a diri pi forza bedda mia.
U tempu passa pi tutti… e pi vecchi curri… eccomu, macari chiù veloci.
Ma chistu a mia nun dispiaci propriu.
Ora mi ni vaiu a curcari.
Sugnu veramenti stancu!
Na spossatezza sentu ca mi scurri 'nfinu all'ossu.
M'arritiru prestu se nò a to mamà mi dici ca quannu mi iettu nu lettu, a disturbu e ci fazzu passari u sonnu e poi quannu si svania, nun rinesci chiù a chiuderi occhiu.
Notte Samantha!)

-        Notte, pà!

Arrivò l'indomani, dopo quella discussione particolarmente importante e malinconica nello stesso tempo.

E così lentamente, passarono poi altri giorni senza troppi eventi particolari degni di rilievo.

In una delle tante mattinate, come qualche volta soleva fare, don Franciscu andò a cavalcare, con i suoi quattro fidati, in giro per la campagna.

Montava il suo cavallo preferito bianco e rampante; nonostante l'età, si manteneva dritto e altero come se avesse ingoiato una scopa.

Stava in groppa a quel puro sangue, mantenendo un atteggiamento fiero e serio come un generale, pronto, da un momento all'altro, a passare in rassegna le truppe.

I quattro che lo accompagnavano, stavano sempre al suo fianco, a debita distanza, quando all'improvviso cominciarono ad agitarsi come se quegli scagnozzi annusassero nell'aria qualcosa di strano e d'irritante.

Anche i cavalli erano irrequieti. Percepivano rumori ambigui e furtivi che all'orecchio umano erano impercettibili.

D'un tratto, il cavallo bianco di don Franciscu, alzò le zampe anteriori in alto, come se volesse in quel modo proteggere quel suo padrone.

Proprio in quell'istante si sentì uno sparo, preciso, secco, repentino, rompendo quel silenzio che prima aveva invaso piacevolmente la frescura della campagna.

Quello sparo, fu diretto proprio al cuore di don Franciscu e lo centrò.

Quel poveretto, si piegò, prima su se stesso, mentre il cavallo, ancora imbizzarrito, cercava di trovare un equilibrio per il suo padrone, per non lasciarlo cadere a terra.

Lentamente, don Franciscu, con il sangue che gli usciva dal petto, imbrattando la sua camicia e il gilè bianco, cadde a terra.

Anche la coppola scura che teneva in testa cui era affezionato rotolò sporcandosi della polvere e del fango.

I suoi quattro accompagnatori, cercarono di proteggerlo, di soccorrerlo, ma dopo quello sparo, nulla più si sentì e tutto ritornò come prima, come se nulla fosse successo.

Don Franciscu ebbe il tempo di dire una mezza frase che fu poi riferita alla figlia maggiore.

Le sue ultime parole furono.

-        Samantha!
Mia figlia Samantha sa quello che deve fare.
Rivolgetevi a lei.

(Samantha!
Me figghia Samantha sapi chiddu ca hava a fari!
Rivilgitivi a idda.)

Quelle parole, per chi aveva orecchie da intendere suonavano come un testamento.
Detto questo, spirò.

Il lutto in quella casa fu più nero del nero.
Lo strazio e il dolore, indicibili, mentre la figlia Samantha che riusciva a gestire tutta quella situazione con distacco e freddezza, rimase nelle sue piene lucide facoltà mentali, senza lasciarsi minimamente coinvolgere.

Non ebbe mai un momento o un minuto di commozione o di emozione.

Dava disposizioni a tutti, uomini e donne su cosa fare. Non c'era, in quel triste frangente, distinzione tra persone umili e forti, tra inservienti, capi, boss e pezzi di novanta che non evidenziassero dolore.

Altri, con una certa spavalderia camuffata da un'apparente deferenza, mostravano commozione mista a una certa soddisfazione, non nascondendo che con la morte di quel capo dei capi, la nomenclatura di quell'organizzazione poteva essere cambiata se non addirittura sconvolta.

S'aspettavano uno stravolgimento. Un cambiamento radicale che molti di quell'ambiente auspicavano.

Del resto, quel capo dei capi, non aveva designato, secondo loro il successore, quindi ognuno di quei pretendenti, dal più piccolo emergente capetto, al più forte, potente e spietato, mirava a ricoprire la carica lasciata libera da don Franciscu.

Dopo gli strazianti, appariscenti e sontuosi funerali, sovraccarichi di pianti e lacerazioni, tra sceneggiate e grida, all'occasione emesse per il dolore esternato pubblicamente, arrivò, finalmente, il giorno in cui per i capi, era doveroso fare il punto della nuova situazione.

Si doveva scegliere il reggente. In casa, di don Franciscu erano tutti riuniti i rappresentanti, potenti mafiosi dei vari territori.

Erano dodici come il numero delle tribù israelite, come gli apostoli e i segni zodiacali, come dodici sono le ore antimeridiane e meridiane, come le fatiche di Ercole e i cavalieri alla corte di re Artù, come le dodici porte di Gerusalemme e così via.

Avevano tutti il volto teso, serio.

Gli occhi attenti, pronti a carpire chissà cosa; si muovevano veloci su quei visi inflessibili, diffidenti e sbiancati come le tombe dei cimiteri.

Si studiavano guardinghi, reciprocamente e, pur conoscendosi tra di loro da parecchio tempo, si posizionavano come perfetti rivali.

Si fissavano vicendevolmente. Alcuni con una vena di stizza e di odio come fossero diventati, d'un tratto, accaniti nemici e contendenti.

Erano riuniti lì perché solo a uno di loro sarebbe toccata l'eredità, il comando e il potere che furono di don Franciscu, pace all'anima sua.

Quegli intervenuti esaminavano, senza darlo a vedere, tutto ciò che accadeva attorno o che si muovesse, per capire se qualcuno aveva fatto magari qualche patto sotto banco o se si era inteso o alleato con qualche altro a danno dei rimanenti.

Nulla restava inosservato neanche le foglie degli alberi che, di tanto in tanto, il vento, fuori, muoveva a suo piacimento.

I loro occhi erano sempre in continuo movimento, come quelle delle aquile, dei falchi o degli avvoltoi, pronti ad afferrare o azzannare la preda, senza lasciare scampo di sopravvivenza o di vita.

Erano proprio tutti e stavolta puntualissimi, attorno ad un tavolo; al centro, la figura austera, seria e inflessibile, quasi statuaria di Samantha.

Lì in mezzo quelle losche figure, molti dei presenti si chiedevano cosa facesse una donna, in quella riunione fatta di capi, di boss, uomini di polso e di comando.

Sembrava così slanciata la corporatura di Samantha come se dominasse tutti e come se si ergesse sopra una piattaforma.

E se quelli si davano delle arie da superuomini, da duri e da maschi potenti, Samantha invece riusciva a spiccare su tutti, moralmente e psicologicamente.

A un certo punto, entrò l'avvocato di quella famiglia d'onore, un certo dottor Adalberto Frasca de Paolis, proveniente dalla capitale siciliana, un luminare del diritto e della legalità personificata, speso e dedito, però, a difesa di tutti quei capi banda.

Al suo ingresso si fece un silenzio di tomba.

Poi, un bisbiglio simile a quello fastidioso che fanno le mosche, aveva cominciato a disturbare l'atmosfera di quella stanza.

Erano proprio tutti lì, in quella stessa camera ove qualche giorno prima, era stata esposta la salma di don Franciscu.

Tutt'intorno, ancora si respirava quel lezzo maleodorante di fiori che numerosissimi, in ghirlanda, in cuscini e in mazzi, erano stati deposti, senza limite di spesa, sopra quella bara e tutt'intorno.

Una sensazione di tristezza, la provava, nel suo intimo, la povera Samantha che senza darlo a vedere, sentiva ancora la presenza viva del padre.

Quando quel luminare del diritto si sedette, diede un colpo di tosse, come per schiarire il tono della sua voce che era, per la verità, per sua natura baritonale con una dizione perfetta, curato e ben cadenzato.

Era un abile professionista.

Sapeva dare la giusta inflessione a ogni parola. Secondo il significato intrinseco, la dosava e la pesava cadenzandola, ora in modo deciso, commiserevole, risoluto oppure bisognoso di plauso, altre volte, altezzoso e dispregiativo.

Del resto, un tipo di grande esperienza come lui, soprattutto in quel settore giuridico, dedito alla difesa dei dodici grandi boss, navigato, doveva, per forza, avere acquisito quel bagaglio di esperienze, ricco di risorse nell'ambito dei meandri e delle pieghe delle leggi.

Avvezzo ai marchingegni sintattici e normativi, si dilettava a fare inciampare i suoi avversari, con deduzione logiche e imboscate strategiche, per trarli nel tranello e far loro dichiarare tutto quello che voleva carpire.

Insomma si era compreso subito che quell'avvocato sapeva bene il fatto suo. Era pratico, realista, ambizioso e amante soprattutto del denaro.

Sapeva evidentemente, svolgere con ottima perizia il compito per cui era stato chiamato da quei pezzi da novanta.

Quei dodici boss erano conosciuti e identificati con i nomi:

1. don Pasquale; 2. don Nicolau; 3. don Pepè; 4. don Fifiddu; 5. don Pauluzzu; 6. don Franchineddu; 7. don Santinu; 8. don Cecè; 9. don Rosariu; 10. don Addoloratu; 11. don Ciccinu; 12. don Carmelu.

-        Signori miei! Iniziò il suo discorso quel legale.
Volevo leggere il documento che don Franciscu ha depositato nelle mie mani, datato circa un mese fa.
Ha riconfermato quasi a tutti voi, i compiti di gestione e di controllo dei vari territori.
Ve lo leggo in modo compiuto, così non rischio di fare confusione e inutili fraintendimenti.

Quando quell'avvocato, dopo un'ora circa di quella lettura stava per finire, intervenne una voce a interromperlo in modo inopportuno.

Era quella di don Carmelu, quel tipo con i baffi grandi che gli coprivano pure la bocca mentre nel suo viso tondo coloro paonazzo, mostrava un sorriso ironico di vero sfottimento.

-        Signori miei!
Siamo venuti qua per prenderci le caramelle, l'aperitivo…
Oppure per assumere delle decisioni ben più importanti?
Queste cose non le sapevamo già?
Mi stava calando il sonno con tutto rispetto parlando.
Ci mancava che ci proiettavate un bel film e la cosa era fatta.
Dico io perché siamo venuti?
A guardarci in faccia e a dirci buongiorno e buona sera?
Perché non quagliamo questa riunione e andiamo al sodo?
Lo sapete tutti quello che voglio dire e dove intendo arrivare…. no!

-        Havi ragiuni. Prese la parola don Fifiddu, individuo lungo, smilzo e insignificante che a guardarlo nessuno lo avrebbe preso per uno dei boss.

Tutto pelle ed ossa, nervoso, con il tic in faccia che accennava quelle smorfie che lo rendevano ancora più antipatico.
Aveva un carattere irascibile, spregevole e quando guardava qualsiasi persona, lo faceva con sdegno come se quegli altri, fossero individui d'infima considerazione e lui il migliore, il saggio, l'istruito, l'edotto, il potente e prepotente in assoluto.
Nella realtà non aveva neanche frequentato le scuole elementari.
Eppure, si atteggiava a conoscitore di tutte le scienze riunite e degli eventi della vita.

-     Che cavolo interessano queste belle chiacchiere senza nulla togliere alla persona di donna Samantha qui presente?
Vogliamo conoscere il vero motivo di questa riunione.
Siamo qui, certamente, anche per onorare la persona di don Franciscu, il nostro amato e riverito capo cui, per l'occasione, faccio un inchino e una sentita riverenza.
Eppure in questa sede si deve chiarire una cosa.
Qualcuno l'ha voluto certamente morto.
Chi è stato?
Abbiamo bisogno di conoscere il nome di quel disgraziato infame e traditore che ha ucciso don Franciscu perché dobbiamo poterci difendere le spalle.
Qui dentro, tutti siamo buoni amici.
E chi me lo dice, che tra di noi, non si nasconda un traditore schifoso e infame?
Io credo che tutti abbiamo bisogno di fare chiarezza alla situazione e avere giustizia, soprattutto nei confronti di donna Samantha che, in questo momento, rappresenta con dignità e onore la sua personale famiglia.
Dobbiamo stanare quel vile individuo che ha compiuto quest'omicidio e gli dobbiamo riservare la fine che merita, da cattivo, schifoso, ingannatore e infame.
E infine... dobbiamo conoscere chi, don Franciscu, ha designato come suo successore, che tra l'altro c'è da precisare, la sua, è solo un'indicazione perché saremo solo noi a decidere, a maggioranza, e riconoscere il capo dei capi che vogliamo.
Sono stato chiaro?
Ricordiamocelo tutti che, quella che ci dà don Franciscu è soltanto una traccia, la sua volontà che può non coincidere con la nostra.

(Chi minchia n'interessanu tutti sti beddi chiacchiri senza nenti luvari a pirsuna di donna Samantha cà presenti.
A sustanza vulemu canusciri.
Nui semu ca, certamente pi onorari a pirsuna di don Franciscu, u nostru riveritu capu a cui, cu l'occasioni, fazzu n'inchinu e na sintita riverenza.
Cà s'ha a chiariri na cosa.
Quarchedunu u vosi mortu!
Cu fu?
Prima di tuttu, havemu bisognu di sapiri comu si chiama stu disgraziatu, infami, tradituri, ca ammazzò don Franciscu, pirchì n'hama a sapiri a guardari i spaddi.
Cà n'intra tutti semu boni amici.
E cu mu dici ca nun s'ammuccia, tra di nui, un tradiruti schifuso e infami?
Iu, e cridu tutti, havemu bisognu d'aviri chiara a situazioni e di fari giustizia, soprattuttu ne confronti da signura Samantha, ca ni stu mumentu rappresenta, cu dignità e onori a so famighia personali.

Chiddi vili, ca fici st'omicidiu, l'hama a stanari nui e hava a fari a fini ca merita, di tintu, fitusu ingannaturi e infami.

E poi... pi urtumu...

Havemu bisognu di sapiri cu designò don Franciscu comu successori ca poi, c'è da precisari ca a sua, è sulu 'ndicazioni, perchì semu nui ca havemu decidiri, a maggioranza, e niu suli u putemu ricanusciri effettivamenti u capu di capi ca vulemu.

Mi sono spiegato o no?

Ricurdamannillu, ca chidda ca ni duna don Franciscu, è sulamenti na traccia, a so voluntà, ca po' puri non coincidiri ca nostra.)

Segui un frenetico vocio di approvazione e di sdegno per il fatto luttuoso che li aveva privati del capo dei capi.

-        Certamenti, aggiunse don Cecè. Questo nuovo personaggio è il classico esemplare d'uomo che, pur di darsi e farsi ragione, è capace di montare un castello di menzogne, anche se contrastanti con la realtà e la verità.

E' capace di far vedere le cose a modo suo, lasciando di stucco le persone che alla fine, comprendendo il suo imbroglio e pur di non aver più nulla a che fare con questo tipaccio, lo compatiscono e lo rifuggono come il diavolo e la peste.

Insomma è la classica persona inaffidabile e mentitrice.

Soleva intercalare il suo parlare con l'avverbio "certamente" o parole similari.

-        Come la qualunque, che stavo per dire, mi considero onoratamente invitato tra amici a questo simposio.

Io che sono nato certamente, per fare l'uomo di pace, vi voglio dire che se non la finiamo al più presto questa riunione, succederà qualche bella questione perché le cose si stanno mettendo male.

(Io, che nascivu, certamente, pi fari l'homu da paci, mi sentu di diri, che se quantu prima nun finemu sta riunioni, cà, seduta stanti, ci scappa qualche malintenzionata sciarra, pirchì i cosi si stanu mittennu mali.)

-        Alla faccia vostra!

E dite d'essere un uomo di pace! Intervenne don Pepè.

Vi ricordo che siete in compagnia di un pugno d'amici non certo tra le pecore e gli animali.

Chetatevi perché questa riunione serve appunto per capire come le cose devono andare.

Se cominciamo ad agitarci sicuramente... a schifio finirà ...

Che cosa credete?

Che sia un fesso e che me la faccia sotto?

Non lo dovete minimamente pensare.

(A faccia vostra?

E diciti d'esseri n'homu di paci! Intervenne don Pepè.

Viditi che cà, siti in un pugnu d'amici, nun certu 'mmenzu i pecuri o l'armali.

Carmativi perchì sta riunioni servi pi capiri comu i cosi hana a ghiri!

Se cuminzamu a farini viniri u focu di sant'Antoniu allura a schifiu finisci...

Chi vi criditi ca sugnu fissa e ma fazzu sutta?
Mancu l'haviti a pinzari.)

-        Tranquillizziamoci tutti – ruppe quell'antipatica atmosfera che si stava creando l'Avvocato, illustre giurista, luminare e illuminato del Foro dei Fori, come se fosse il principe di quei famosi "Fori Imperiali".
Signori!
Siamo qui per discutere pacatamente e siamo tra galantuomini!
Diamine!
Non dimentichiamoci pure che è presente la figlia del nostro amico don Franciscu.
Pace all'anima sua!
Usate un linguaggio consono.
Adatto e riverente.
Siete persone di spicco e di grande onore e come tale vi dovete comportare.

-        Lasci che dicano tutto quello che sentono dentro - intervenne donna Samantha, rompendo così il suo silenzio.
Le parole bisogna ascoltarle sempre con attenzione perché evidenziano ciò che ognuno ha dentro la testa e nell'animo.
Anzi… è meglio che parlino adesso.
Che si sfoghino pure… così tutto quello che c'è da dire sia detto chiaramente, senza peli sulla lingua.
Senza malintesi o sottintesi.
Adesso.
Dopo abbiamo l'obbligo di stare zitti e accettare tutto quello che si deciderà a maggioranza, senza fiatare, commentare, tantomeno, criticare alle spalle da vili.

-        Bravissima! Disse don Pauluzzu, rivolgendosi, a bassa voce, a suo vicino di sedia, altrimenti detto "U scuparu", semplicemente perché, quando camminava, era solito portare con sé, un bastone solido e resistente, simile a quello di una scopa.
Era un tipo avaro e taccagno e portava addosso sempre lo stesso vestito da decenni.
Quella sì, che è una donna con tutti gli attributi.
Tra di noi, queste cose, le possiamo dire di nascosto, tra uomini.
Di quella che te ne sembra?
Sa parlare con cognizione e appropriatamente.
È una donna di polso e mi piace come si esprime.
Mi fa battere il cuore quando parla e non mi stanco mai si ascoltarla.
Brava… brava.
Se fossi più giovare… amico mio… saprei cosa fare!
In pensiero glielo avrei fatto.
Nel complesso una bella donna è…
Pure calorosa …
Piacente e… ha ancora una certa freschezza che la rende più attraente.
Siete d'accordo con me?
Se vede subito che è la figlia d'un capo.

(Bravissima! Disse don Pauluzzu, rivolgendosi, a bassa voce, ad suo vicino di sedia, altrimenti detto "U scuparu" perché, quando camminava, era solito portare con sé, un bastone solido e resistente, simile al manico di una scopa.
Era un tipo avaro e taccagno e indossava sempre lo stesso vestito da decenni.)
Chidda sì che è na fimmina che ha gli attributi... i coglioni, insumma.
Tra di nuautri, sti cosi i putemu dire, ammucciuni, tra masculi..
Chidda chi ti pari?
Sapi parrari con cognizione ed appropriatamenti!
È na fimmina di puso e mi piaci comu s'esprimi.
Mi fa suspirari u cori quannu parra e nun mi stancu mai di sintilla
Brava... brava...
Si fussi chiù pocciottu... amicu miu?
Nu pensierinu ci u facissi!
Tuttu summatu na bedda fimmina è... ancora calurusa.
Piacenti e... cu na certa frischizza ca a fa chiù attraenti.
Siti d'accordu cu mia?
Si vidi ca è a figghia d'un capu.)

-        Direi, intervenne don Rosariu, di lasciare finire il nostro avvocato.
Magari dopo faremo i nostri eventuali interventi.
Lasciamolo completare.
È giusto che conosciamo sino in fondo le volontà e i "desiderata" del nostro amatissimo don Franciscu.
Del resto, non possiamo non tenere conto di ciò che il nostro indiscusso capo ha lasciato scritto!
Per me, quello che lui esprimerà, indipendentemente da ciò che contiene, lo condividerò a priori, parola per parola.
Incondizionatamente.
Ve lo voglio anticipare prima a evitare equivoci.
Del nostro beneamato capo ho avuto, ed ho tutt'oggi, una grande stima.
Devo tutto a lui così come la maggior parte delle persone qui dentro.
Sentiamo, adesso, quello che dice l'avvocato.
Solo dopo avremo il diritto d'intervenire.

(Del restu, comu putemu nun tiniri cuntu di chiddu ca u nostru indiscussu e amatu capu ni lassò scrittu?
Pi mia, chiddu ca iddu desidera, indipiendentementi di ciò ca scrissi, iu lo condividerò a priori, parola pi parola.
Incondizionatamente.
Vu vogghiu anticipari prima a scansu d'equivoci.
Du nostru beneamatu capu, iu ebbi e haiu tutt'oggi, na granni stima.
Tuttu a iddu devu, accussì comu a maggior parti di pirsuni cà n'intra.
Sintemu, ora, chiddu ca dici l'abbucatu.
Solu dopu havemu u diritto d'intervenire.)

Don Rosario era il giovane emergente dei boss.
Sulla quarantina d'età e fin dai suoi esordi, aveva dato a don Franciscu una buona impressione, tanto che gli aveva affidato un decennio prima, il comando e la gestione di uno di quei territori.

Era simpatico e dall'animo generoso; forte e penetrante nello sguardo.

Affascinante, alto, dai capelli bruciati dal sole, arruffati e istintivo di carattere, ma in un certo qual modo, pur nella sua spontaneità, evidenziava prudenza nelle sue parole e tanto buon senso, cosa difficile trovare, tra quelle persone, in quell'ambiente.

Grande e instancabile lavoratore, era capace di stare sveglio quarantotto ore di fila, pur di fare bene il suo mestiere.

Questo suo intervento non rimase inosservato da Samantha, la quale pur se per un attimo, lo guardò, lo squadrò profondamente e intensamente, come se da quell'occhiata volesse leggere tutta la vita di quell'uomo, la personalità e il suo carattere.

Analizzava nella sua mente, quelle parole che aveva udito e cercava di capire se nascondessero dietro, altri significati e sottintesi o peggio, altri interessi o mire di scalate e ascese.

Gli piacque subito e le fece, d'istinto, una buona impressione.

C'era, in quelle frasi qualcosa d'inspiegabile che andò diritto al suo cuore e non la lasciarono indifferente.

Capì, comunque che, su quell'uomo poteva contarci ciecamente.

Del resto quelle parole pronunciate lodavano ed evidenziavano, a dismisura, ammirazione per il padre e, dette in quel modo, non apparivano certamente false e ingannatrici.

Di tanto in tanto, Samantha, ritornava con gli occhi, volutamente, a osservarlo; a studiare i gesti, i movimenti, ogni atto insomma o atteggiamento che quello faceva.

Era evidente che Rosario, da persona intelligente e accorta, sentisse su di se lo sguardo e le attenzioni di quella osservatrice.

Pur non di meno, rimaneva apparentemente indifferente e in silenzio, nell'attesa che l'avvocato finisse.

Arrivati a un certo punto, quel luminare, finì la sua lettura e, subito seguì in gran silenzio come se nessuno volesse più prendere la parola, per non rompere quell'atmosfera di compenetrazione e di emozione creatasi dalle frasi scritte del loro ex capo dei capi.

Anche Samantha era emozionata, ma rimase a testa alta, ferma e rigida, a guardare e osservare, diritto negli occhi, uno per uno, tutti quei capi, che per la verità apprezzarono le frasi che don Francisco aveva dedicato a loro, alla fine di quel suo testamento, diciamo "d'onore", ringraziandoli e invitandoli all'unione, alla reciproca solidarietà dei componenti di quella grande famiglia.

Ribadiva, tra l'altro di evitare sempre, le occasioni e i motivi che potessero, in qualche modo, alterare o incrinare l'unione tra quei capi mafia.

Infine, l'avvocato aggiunse:

-        Dopo avervi letto quelle che sono state le disposizioni, norme, incarichi, poteri, confini di azione e territoriali, ambiti, introiti, e aver ascoltato che don Franciscu ha lasciato consolidato e inalterato l'organigramma già prestabilito, dandovi ampie e grandi soddisfazioni, vi devo annunciare una novità!
Vi mostro, adesso, una lettera che il capo di capi, scrisse, interamente, di suo pungo.
Non è lunga, anzi!
E giacchè non mi sento di leggerla, gradirei, come lui mi disse personalmente, che fosse uno di voi a farlo, anche per costatare, attraverso la lettura, che quelle sono le sue parole e la volontà.
Pertanto invito uno di voi a farlo.

-        Perché non la legge la figliola Samantha, qui presente! Disse il boss Ciccinu.
Del resto, meglio della figlia chi c'è?
Noi abbiamo la massima fiducia.
Ci mancherebbe altro!
Anzi una fiducia cieca.

-        Non credo! Aggiunse l'avvocato.
Con tutto rispetto per donna Samantha e sono sicuro che lei stessa si rifiuterà.
Vero signora?

Samantha fece un cenno con la testa acconsentendo e restando impassibile e rigida.

-        Dovrà essere uno di voi - Ripeté l'avvocato - un capo di questa onorata e potente famiglia, a farsi avanti, per tale delicato compito.
Decidete voi chi.

-        Perché non legge don Rosario - disse il boss don Nicolau - giacché ha nel cuore don Franciscu pace all'anima sua!
Si è voluto mettere in mostra il nostro giovane collega....
Evidentemente ha il sangue che gli bolle nelle vene.
Ha premura ed è irrequieto come un puledro che scalpita.
Senti Rosario perché non ti calmi?
Non vedi che noi siamo tutti tranquilli e pazienti?
Quietati e non sembrare, quando leggi, un banditore d'asta.

(E pirchì non la legge don Rosariu – disse il il boss Nicolau - Vistu ca ci l'havi di chiù nu cori a don Franciscu, paci all'anima sua!
Si vosi mettiri in mostra u nostru collega picciutteddu!
Si vidi ca c'havi u sangu ca ci vuddi ni vini.
È prisciusu e irrequietu comu nu puledru ca scalpita.
A Rosà!

Pirchì nun ti carmi?
Nu vidi comu nui semu tranquilli e pacifici?
Datti na carmata e nun fari u banditori dell'asta.)

Il boss Nicolau era chiamato "Cosci-lenti", perché aveva un modo di camminare tutto suo.

Aveva i passi flemmatici e misurati.

Il suo ritmo di movimento, di azione e di comportamento sembrava come fosse scandito dal suono simile ad un: Bra... brà, Bra...brà, Bra... brà.

Un tipo capace di tradire chiunque pur di trarne beneficio e ricchezza. Era perfido, maligno e velenoso.

Chi l'ascoltava, anche al primo impatto, non gli dava mai seguito e importanza, semplicemente perché capiva bene che le frasi che pronunciava dal punto di vista erano sconclusionate e fuorvianti.

Inoltre, lui da furbo e perfido, riusciva a nascondere i suoi inganni nei suoi sottintesi e doppi sensi.

Erano a questi, cui lui dava importanza e proprio lì, tra le pieghe del suo modo di parlare, si dovevano capire i suoi disegni malvagi e sleali.

Pericoloso e dannoso, tant'è che don Francisco, lo teneva sempre alla larga, avendone scarsa considerazione perché quello, pur rispettando, le regole di quell'onorata società, poi, nella sostanza, se ne beffava.

Agiva per proprio tornaconto, non risparmiando, se il caso lo richiedeva, di spargere sangue, spavento e orrore nei suoi nemici.

Glielo ripeteva don Francisco, che i rivali, si devono rispettare e se si vuole rivolgere una qualsiasi ritorsione, bisogna farla, senza messe in scene, chiasso e senza bisogno della platea, del plauso.

Gli uomini d'onore, diceva quel capo, fanno tutto in silenzio, con il sorriso sulla faccia, con freddezza, distacco e mai cinismo o palese godimento del danno procurato.

-        Come volete voi - riprese quel luminare.
Se anche questa è la volontà di tutti e nessuno si oppone...
Che legga don Rosariu.
Dobbiamo, adesso, con l'occasione, aggiungere e rappresentare meglio la figura di quel principe del foro, del tutto particolare. Un tipo alto e possente, mezzo calvo.

Liscio in viso, come se i peli, in quella sua faccia, nelle mani e nelle braccia, fossero stati, del tutto, superflui e banditi dalla sua natura.

Il colorito della carnagione era paonazzo, dalla tinta lucida con sfumature colore bianco candido.

Le sue sopraciglia erano biondissime quasi non si notavano e i capelli radi evidenziavano, da dietro una bella cucuzza nella sua testa.

Indossava un vestito a doppio petto, di color grigio chiaro, impeccabile, con i pantaloni dalla rigatura perfetta, come se fossero usciti, da poco, da una stireria.

Una striscia di quel suo fazzoletto bianco usciva dal taschino della giacca, per due centimetri rendendolo ancora più inappuntabile.

Era arrivato con la sua nuova cartella di pelle di coccodrillo, sicuramente regalo ricevuto da uno dei capi di quella grande famiglia.

Accompagnato dal suo segretario, un tipo basso, leggermente gobbo, dalle ciglia folte. Individuo strano ma intelligentissimo, dalla memoria di ferro e dalle cui labbra, tutto insomma, appuntamenti compresi, dipendeva l'illustre luminare.

Era, in sostanza, quel collaboratore, un individuo dalla faccia tanto incredibilmente antipatica, da non crederci.

Eppure, riusciva a scandire, alla perfezione, la vita e il ritmo delle giornate di quell'illustre avvocato, dottor Adalberto Frasca de Paolis.

-        Se avete deciso così, non mi tirerò certo indietro, rispose don Rosario.
È per me un vero onore se di tratta di fare qualcosa per il nostro bene amato don Franciscu.

Posso cominciare a leggere?

-        Leggete pure e fatelo sino alla fine.

-        "Carissimi amici miei
Vi scrivo così, a modo mio, quello con cui so meglio esprimermi, perché conoscete bene che, quanto a scrivere, non sono mai stato granché.
Addirittura mi considero un vero asinaccio.
Di carte, cartine, pezzi e pezzini, con me, meno ne circolano meglio è.
Sono pericolosi e compromettenti e possono diventare prove contro noi stessi.
Pertanto, dopo che leggerete questo pezzo di carta, fatemi il favore... bruciatelo.
Le mie parole non avete bisogno di rileggerle.
Si devono tenere per prima in testa e poi nel cuore.
Altrimenti... fate come meglio volete.
Ma non deve restare nessuna traccia.
Questa è stata sempre la filosofia del mio ragionamento.
Adesso non mi resta che farvi una preghiera, non mi rimane altro, perché solo voi potete decidere quello che sarà il vostro avvenire.
Immagino che aspettiate che vi suggerisca il nome del mio successore, com'è solito fare nelle nostre famiglie.

Dal posto in cui mi trovo che vi posso dire?
Dovete pensarci voi a scegliere il vostro capo, il capo dei capi.
Quello che sa veramente discernere e capire qual'è l'importanza del concetto dell'onore e quello del potere.
Due cose, queste che la maggior parte dei nostri fratelli, col passare del tempo, hanno scordato.
E inoltre devo dirvi la verità.
Per tenere bene unita la famiglia, questa nostra bella famiglia, occorre una persona dal forte carattere che possa prendere le redini e mandare avanti la baracca.

("Amiciuzzi carissimi,
Vi scivu accussì, a modi miu, comu sacciu parrari, pirchì u sapiti beni ca quantu a scriviri unn'haiu statu mai bravu.
Anzi nu veru sciccazzu mi consideru.
Di carti, cartuzzi, pezzi e poizzini, pi mia, è statu megghiu ca nun ni circulavanu.
Sunu piriculusi e compromettenti e ponu divintari provi contru di nui.
Perciò dopu ca liggiti stu pezzu di carta, facitimi u favuri... bruciatilu.
I paroli mia, nun c'è bisognu di rileggiri, s'hana a scriviri prima na testa e poi tiniri nu cori, si vuliti.
Se nò faciti comu megghiu desiderati!
Nessun'autra traccia hava ristari.
Chista è stata sempri a me filosofia di ragiunamentu.
Ora nun mi rimani ca farivi na preghiera, sulu chista vi pozzu dumannari e non autru, pirchì pu restu, sulu vui putiti decideri chiddu ca vuliti fari.
U sacciu, ca stati aspittannu ca iu vi suggerisca u nomi du me successori comu è solitu fari ni nostri beddi famighi.
Ma iu, chi vi pozzu diri nu postu unni mi trovu?
Oramai c'haviti a pinzari vuautri a scegliri u capu, u veru capu di capi.
Haviti a scegliri chiddu ca sapi, pi daveru, ch'è u puteri e l'onori.
Dui cosi, chisti, ca a maggior parti di nostri fratuzzi, passannu u tempu, si l'hanu scurdatu.
E poi, v'haiu a diri a virità, pi tiniri unita tutta chista bedda famighia ci voli na pirsuna di curaggiu, di pusu, di valuri, di cumannu e di ferrea decisoni.
Tutti vuautri, siti degni di tali valuri, ma c'è, secunnu mia, sulu na pirsuna ca veramenti putissi pighiari i redini e mannari avanti sta barracca.)

-       Rosario, leggi subito il nome. Gridò una voce impaziente tra i presenti.
Vai al sodo, così conosciamo subito il designato.

(Rusariu, leggi subitu u nomi. Gridò un voce impaziente tra i presenti.
Vai o sodu!
Accussì sapemu cu è u designatu.)

-       Abbiate pazienza!
Andiamoci per gradi.
Con calma.
In questo posto, premura, nessuno di noi ne deve avere.
Abbiamo detto o no che bisogna leggete tutto?
E così dovrà essere!

Va bene?

(Aspittati!
Iemuci pianu!
Adagiu e cu la carma.
Cà, prescia, nun n'hamu aviri nuddu.
Hamu dittu o no, ca bisogna leggeri tuttu?
Accussì deve essiri.
Va Beni?)

-       Vai avanti Rosariuzzu e non ti fermare.
Continua.

"…Io, soltanto un nome, ritengo degno, possa guidare tutti voi.
Non dico a te, né all'altro, né a quell'altro che tra i presenti sta ancora fremendo,
magari maledicendomi.
Il mio successore … dovrebbe essere…
Sempre se vorrà accettare…
Se ritiene di accollarsi l'onere di questo servizio gravoso e pericoloso ma d'onore e
potere …
Solo e solamente….
… mia figlia Samantha.

(… Iu, sulu nu nomi, ritegnu degnu ca putissi guidari a tutti vuautri.
Non tico a tia, né all'alutru, né a chidd'autru e mancu a chiddu ca di vui presenti ca
sta spasimannu e sta maledicennu u me nomi.
U me successori hava essiri ….
Se voli accettari e …
Se riteni di pighiarisi di supra stu gravami di serviziu periculusu ma d'onori e di
puteri…
Sulu e sulamneti………
…..me figghia Samantha!)

-       Che cosa?
Che cos'hai detto?
Hai letto bene?
È diventato scimunito quel vecchio?
Non può essere.
Si sbaglia.
Rosario, rileggi, che ti sei sicuramente sbagliato.
Una donna?
Quando mai questo scandalo?
E noi non contiamo?
Stiamo facendo i ceri accesi di Sant'Agata e i minchioni?
Stiamo scherzando?
È semplicemente una vergogna.
Impossibile.

(Chi?

Chi dicisti?
Liggisti bonu?
Scimuniu u vecciu?
Nun po' essiri!
Si sbaghia.
Rasariu rileggi ca ti sbagliasti.
Na fimmina?
Quannu mai?
E nui, chi ci stamu a fari?
I cannili addumati di sant'Agata e i minchiuni?
Stamu schirzannu?
È semplicementi na vergogna.
Impossibili!)

E mentre queste e simili frasi, più o meno pesanti e offensive circolavano, altre parole, s'andavano sovrapponendosi tra i presenti, che si guardavano negli occhi beffeggiando e mostrando irritazione scontentezza, per non dire scandalo e rancore verso chi aveva osato fare quel nome.

Samantha, ebbe uno scatto improvviso, perché neanche lei se l'aspettava, anche se aveva fatto, con suo padre, in precedenza, quel discorso.

Pensava che tutto fosse finito lì, sul nascere, quello scambio di vedute in quella sera tra i due.

Che tutto quanto detto, fosse rimasto un segreto morto e sepolto col padre.

Invece riemergeva all'improvviso e lei si sentiva coinvolta, senza volerlo, senza desiderarlo.

Non sapeva come reagire.

Scosse la sedia. Si girò guardando fuori la finestra, dando le spalle a tutti, come se cercasse, lì fuori, chissà, un conforto, un suggerimento o magari semplicemente temporeggiare!

Quella reazione l'aveva fatta, anche per distogliere lo sguardo da alcuni di quelli che, lì presenti, l'osservavano con un'espressione minacciosa e di provocazione.

Mentre tutti erano presi da questo caotico vociare, il boss Rosariu, restò bloccato a osservarli ancora, con quel foglio in mano.

In viso era soddisfatto e non gli importava nulla di mostrarsi compiaciuto dell'indicazione di quel nome.
Nel frattempo, seguiva tutto ciò che accadeva intorno a lui, cercando di memorizzare, di ognuno, le reazioni, per potersi eventualmente orientare, prudentemente.

Riprese la parola dicendo:

-      E allora?

Qual è il problema?

E se magari fosse una donna a farci da capo dei capi?

Che cosa toglie a noi questa condizione?

Non restiamo certo menomati nelle azioni e nel nostro servizio per il bene nostro comune!

Perciò perché state delirando?

Anzi, questo, lo dovete prendere come un buon segnale di cambiamento, perché i tempi, lo vediamo tutti, non sono più come prima.

Ben venga, secondo me, questo nome al quale io m'inchino e mi prostro e sono pronto a mettere al suo servizio la mia totale disponibilità.

Che male c'è'?

Una donna, un uomo?

Che c'importa sapere da dove vengono i comandi?

La cosa rilevante è capire e sapere se quello che ci viene impartito e imposto, lo riteniamo corretto, utile proficuo per tutti.

Ascoltatemi!

Se don Franciscu ha deciso così, vuol dire che sapeva bene il fatto suo, tenendo ben presente tutta la composizione della nostra organizzazione.

Conosceva benissimo ciascuno di noi e le doti che possiede sua figlia ed anche quelle nostre.

Del resto, indirettamente, sappiamo e abbiamo avuto anche occasioni di apprezzare, con quanta puntualità, precisione e acutezza, donna Samantha, si muove, agisce e opera anche per noi.

Se lei accetterà …

Lo ripeto, se donna Samantha acconsentisse … perché noi non dovremmo accettare questa novità … come un segnale di cambiamento dei tempi?

E poi, se lei è d'accordo, adesso vorrei fare a tutti questa proposta.

Chiediamole di darci un paio di mesi, per capire e saggiare come lei si muoverà, e se merita veramente, come io credo, la nostra completa fiducia.

Ritroviamoci tra un po' di tempo.

Solo dopo, decideremo definitivamente, se a donna Samantha spetta il titolo di capo dei capi.

Perciò per favore smettetela.

Troncate ogni discussione in questo momento ed evitate di muovere ogni appunto e critica.

Riserviamoci di farle dopo le eventuali rimostranze.

Sin'ora, amici miei, abbiamo sentito i vostri umori, ma donna Samantha non l'abbiamo ancora ascoltata.

La prego - insistette don Rosaio - Rispondeteci.

Diteci qualcosa.

Voi, eventualmente, vorreste accettare questo incarico che sin'ora è stato solo d'uomini?

Voltatevi vi prego!

Vogliamo vedervi in faccia, guardarvi direttamente negli occhi, per capire come e cosa pensate.

Che fate?

Non mi ascoltare?

Dite qualcosa.

Aspettiamo che ci diciate se vi fa piacere, se rifiutate, se non ve la sentite … o altro … insomma …

Se siete sicura del fatto vostro, diteci l'intenzione vostra così chiudiamo la discussione e ci rivedremo fra un po' di tempo.

Poi, in quella sede, se ci permettete, ci esprimeremo.

Voi ce la date questa possibilità?

Vi offendete?

Io lo dico sin da adesso, se restate, se accetterete, sarò felice e onorato di avere voi come il nostro capo di questa grande famiglia d'onore.

Ho fiducia nelle vostre capacità in tante occasioni dimostrate a tutti.

- Non sono ancora in grado di rispondere. Disse Samantha.

Soprattutto per me, è stata un'improvvisa novità che mi ha scosso profondamente.

Mi ha fatto ritornare in mente tanti di qui discorsi fatti con mio padre.

E poi sapere che quest'incarico di cui si discute... è stato formalmente proposto mettendo in ballo me, la mia persona, il mio avvenire, l'immagine della mia famiglia e quella di mio padre che attraverso me, voi sicuramente criticherete e commenterete... tutto questo, ripeto, per me, è stato sconvolgente.

Non vorrei, per causa mia... per mia incapacità... che la figura di mio padre dovesse avere disaffezione.

La volontà è quella sua... ed io mi sento in prima istanza, di dover ubbidire... soltanto perché è lui che l'ha chiesto e non altri...

Non desidero deluderlo e comportarmi da vile, perché lui ne era convintissimo delle mie capacità e se mi tirassi indietro gli darei un grande rammarico.

Perciò come risposta, vi dico, che se a voi questi due mesi serviranno per esaminare il mio lavoro, mettendomi alla prova nella gestione di questa vostra e nostra organizzazione, a me occorreranno per riflettere e dare la mia definitiva risposta, sulla effettiva disponibilità ad accettare quest'oneroso incarico di cui voi mi onorate.

Grazie a tutti.

E adesso scusatemi, perché è stata troppo pesante la mia giornata e devo ritirarmi.

La decisione di troncare lì, ogni altro commento, fu strategica per Samantha che, sciogliendo la seduta, fece in modo che tutti si sparpagliassero e se ne ritornassero nelle loro residenze, senza aver modo di confrontarsi, commentare, criticare e confabulare ulteriormente su quell'importante designazione, seppure a tempo limitato.

Pur non di meno, qualcuno, non perse occasione, uscendo da quella stanza, di mugugnare, aprire altre discussioni, lamentele e mettere in cattiva luce, questa a quell'altra sortita di donna Samantha...

Nella sostanza, però ognuno si mantenne cauto nell'esprimersi, perché l'interlocutore di oggi, poteva essere il peggiore accusatore di domani, contro un'eventuale elezione definitiva della donna.

L'unico, forse, a essere soddisfatto veramente e, di questa sensazione non ne faceva mistero, era don Rosario, che ebbe modo di urlare, mentre tutti si sparpagliavano verso l'esterno:

-        Viva in nostro nuovo capo.
Viva donna Samantha.

VINCENZO SCUDERI

IL POTERE E L'ONORE – OVVERO UNA DONNA CAPO MAFIA

-        Viva in nostro nuovo capo.
Viva donna Samantha.

La Giustizia

Passarono le prime settimane dopo l'incontro di tutti quei capi. In casa di Samantha tutto scorreva normalmente.

Lei continuava a occuparsi dei conti, dei rapporti tra persone, tra capi e tra situazioni che, in effetti, non richiedevano, fortunatamente in quel periodo, grande impegno e decisioni importanti.

Tutto procedeva nella normalità come se ci fosse stata una tregua sottintesa tra clan mafiosi pur rivali, forse, così riteniamo che fosse, per rispetto al periodo di lutto.

La vita, nonostante quella grande assenza di don Franciscu, continuava a scorrere come se nulla fosse successo.

Solo i vestiti neri di quelle donne che circolavano in casa, ricordavano la triste dipartita e quel doloroso evento.

Samantha, di pomeriggio, soleva sedersi in una poltrona, davanti ai grandi vetri di quella stanza ove il padre aveva il suo studio d'affari.

Se ne stava in silenzio a riflettere, a pensare alla sua vita, agli avvenimenti di quella organizzazione, all'assenza pesante del padre, alla sua decisone che non riusciva a maturare.

E poi anche i pensieri della sua esistenza che ancora non era riuscita bene a inquadrare e a dare un senso e una chiara impostazione.

Si sentiva sperduta nel nulla, non sapeva come orientarsi, cosa decidere.

Era così scoraggiata al punto da non concepire più l'importanza e i valori delle cose, dei sentimenti, delle azioni e delle persone.

Tutto le sembrava vuoto e inutile.

Aveva però un chiodo fisso, quello di sapere, ad ogni costo, chi aveva ordinato la morte e chi aveva ucciso materialmente suo padre.

Era questa una visione che teneva sempre davanti ai suoi occhi. L'esasperava il pensiero che l'impunità di quell'essere abietto potesse passare inosservata e godersela, beffandosi di tutto e di tutti.

Non poteva pensare che quel delinquente omicida, fosse in giro, dopo aver tolto alla sua famiglia e a quella grande organizzazione, un capo come don Franciscu, del tutto rispettabile e onorato.

Chi poteva avere avuto tanto odio in corpo da desiderare quell'atroce morte? Del resto, pensava tra se Samantha, suo padre era vecchio e allora, perché togliere, così spietatamente, gli ultimi anni della sua vita, con quell'efferatezza e cinismo?

Doveva trovare l'assassino a ogni costo, perciò era per lei basilare, riordinare tutte le sue idee e averle lucide, così pure le sue energie dirette a questo scopo che, in quel momento, era diventato il più rilevante, l'unico.

Il resto e di tutte le altre faccende, non le importava nulla, tanto meno del potere, dell'onore dell'ambita carica che le era stata momentaneamente attribuita.

Di fronte la vendetta... la "sua" vendetta... tutto passava in secondo ordine.

E mentre in quella stanza era immersa nel silenzio dei suoi pensieri, a un tratto, entrò il fidato cameriere di casa, don Antoniu:

-        Ho sentito che mi chiamava.
Che cosa vuole signora mia!
Mi comandi!

(Ho sentitu ca mi chiamava.
Chi voli signuruzza mia.
Cumannassi.)

Meravigliata, Samantha gli rispose:

-        Guarda Antonio che non ti ho chiamato.
Ti sbagli.
Forse ti è parso di sentire una voce ma io non sono stata.

(No, Antoniu, nun t'haiu chiamatu.
Ti sbagliasti.
Forsi ti parsi di sintiri na vuci ma iu nun sugnu stata.)

-        Mi scusi signora mia cara, ma mi era parso di sentire qualcuno che mi chiamasse e assomigliava alla voce... guardi un po' cosa sto per dire... era simile proprio a quella di don Franciscu buonanima!
Sono proprio disorientato e rincoglionito.
Mi sembra, ogni tanto, di sentire il richiamo di vostro padre!
Che posso farci signora mia, ero abituato a stare ai suoi comandi.
La vecchiaia mi fa questi scherzi ed io mi muovo in queste stanze sentendomi perso senza don Franciscu.
Mi sento inutile.
Lui era come un padre, il fratello maggiore.
Mi mancano la sua voce e i suoi comandi.

(Mi scusassi sugnuruzza bedda, ma mi parsi di sintiri quarcunu ca mi chiamava... e assumighiava... talè chi ci staiu pi diri... mi pariva chidda di don Franciscu, bonarmuzza...

Sugnu porpriu strammatu e rincogliunitu.
Mi pari sempri di sintiri rintrunari vostru patri!
Chi ci pozzu fari signuruzza!
Eru abituatu a percepirlu.
A vicchiania mi fa fari sti scherzi e iu vaiu caminannu ni stanzi e mi sentu persu senza don Franciscu.
Cu iddu mi sintiva comu s'avissi un patri, un fratuzzu chiù granni.
Mi mancanu a so vuci e i so cumanni.)

- Che cosa fate adesso don Antonio.
Ve ne state andando?

(Chi faciti don Antoniu?
Vi ni stati iennu?)

- Perché, voscenza, mi voleva dare qualche comando?
Dica, sono a sua disposizione.

(Pirchì m'hava cumanni vossignoria?
Dicissi ca iu sugnu a disposizioni.)

- Non avevo nulla da domandarvi.
Solamente... oramai... che siete qui...
Se volete... parliamo un poco insieme.
Sedetevi e rilassatevi.
Volete?

(Nun v'haviva nenti di diri..
Sulamenti... oramai ca si cà, assettiti e rilassativi un pocu.
Si voi... parramu assemi.
Chi ni dici?)

- Io, seduto in questa stanza?
Quando mai?
Con vostro padre buonanima, sempre in piedi e sull'attenti stavo e l'ubbidivo con mezza parola che diceva.
Non posso sedermi perché mi sembra di mancare rispetto a don Franciscu.

(Iu assittatu ni sta stanza?
Quannu mai?
Cu vostru patri, bonarmuzza, sempri all'impiedi e sull'attenti stava e l'ubbidiva cu mezza parola ca pronunziava.
Nun mi pozzu assittari, mi pari di mancari di rispetti a don Franciscu.)

- E su... sedetevi!
Non fate troppe cerimonie.
Non temete...
Ve lo dico io di stare tranquillo e per favore, mettetevi in questa poltrona e riposatevi.

Vedo che siete stanco del lavoro.

(Avanti dai!
Nun faciti tanti cerimonie.
Nun vi scantati ...
Vu dicu iu di stari tranquillu e assettativi, pi favuri, ni sta poltrona e ripusativi.
Vidu ca siti stancu du travagghiu.)

-        Come gradisce voscenza.
Oh... che bello stare seduto qui!
Mi sento importante.
Mi sembra d'avere davanti a me don Franciscu e di parlargli.
Quanti anni sono passati al suo servizio... neanche li conto.
Vi ho visto nascere signora mia bella.
Quando eravamo in America, in quei tempi, si moriva di fame, emigrati da poco dalla Sicilia.
Mi ricordo come fosse oggi, suo padre andò ad abitare nel quartiere italo – spagnolo.
Per questo, tutte quelle persone, anziché chiamarlo con suo vero nome Francesco, lo conoscevano come "don Franciscu".
E a voi, signora mia cara, che siete nata in quel continente grande, vi volle assegnare un nome americano, così si sentiva più importante e lo ha fatto anche per voi che, con questo nome, sembravate una perfetta americana.
Quei tempi furono tristi e duri.
Don Francisco, si rese subito conto che, se non si organizzava bene, rischiava di soccombere, perché quella gente era cattiva e prepotente.
Non andava per il sottile, ammazzava e rovinava le persone.
Vostro padre, per sopravvivere, si è dovuto pianificare ogni cosa e fu così in gamba che riuscì, col tempo, a farsi valere e a diventare un uomo di gran rispetto.
Poi quando ritornò qui, in questo paese siciliano, ha dovuto ricominciare tutto da capo.
Da grand'uomo, ci riuscì e creò questo grande impero di oggi, partendo nuovamente da zero.
La morte di don Franciscu non ci voleva proprio e poi in quel modo...
Quegli infami che lo hanno ammazzato non devono avere pace e finiranno nel fuoco dell'inferno.
Chi è stato?
Chi è stato?
Me lo domando sempre.
Non passa giorno che non me lo chieda.

(Comu aggrada a voscenza!
Che bellu stari assittatu cà!
Mi sentu 'mportanti.
Mi pari d'aviri davanti don Franciscu e di parrarici.
Quant'anni havi ca sugnu o vostru serviziu ca mancu i cuntu chiù.
Vi visti nasciri sugnuruzza bedda.
Quann'erumu in America, e a ddi tempi si muriva puri di fami, emigrati da pocu da Sicilia ...

Mu ricordu ancora, comu fussi oggi, ca vostru patri si ni iu ad abitari nu quarteri italo-spagnolu.

Pi chissu tutti i pirsuni anziché chiamallu pu so nomi, Francesco, u sintevanu "don Franciscu".

E a vui, signuruzza bedda, ca nascistivu nu ddu ranni continenti, vi vosi dari u nomu americanu accussi si sintiva chiù importani e puri voscenza, cu stu beddu nomi, era comu fussi na perfetta americana.

I tempi, chiddi, furunu laidi e tinti.

E don Franciscu si resi subitu cunto che se nun s'organizzava bonu, ni dda manera, rischiava di stari suttamisu, pirchì chidda genti era perfida e dannusa.

Ci stava pocu ad ammazari e a ruvinari i pirsuni.

E accussì... vostru patri, pi non soccomberi, s'happi organizzari e fu tantu in gamba ca rinisciu a farisi valiri e a divintari n'homu di granni rispettu.

Poi quannu turnò cà, ni stu paisi sicilianu, happi a ricuminciari tuttu da capu.

Da grand'homu, ci rinisciu e fici tuttu st'imperu immensu, partennu da zeru.

Però... st'uccisione di don Franciscu... nun ci vuliva...

Ddi infami ca l'ammazzò, nun havi haviri paci e ci tocca finiri nu focu dell'infernu...

Cu fu?

Cu fu?

Mu dumannu sempri!

Nun c'è iornu ca nun mu chiedu.)

-        Ci vuole tempo e... pazienza e vedrete che lo sapremo don Antonino mio.

Mi devo organizzare bene e poi agire, perché devo sapere tutto e in particolare, il nome di quel traditore omicida.

Mi hanno tolto mio padre con violenza e senza un motivo apparente.

Lo verrò a sapere.

Il mio pensiero....

Adesso è questo e questo solo...

Non ho altro da scervellarmi; soltanto vendicare mio padre e fare giustizia soprattutto per me e la mia famiglia.

(Ci vole tempu... e pazienza e viditi ca poi u sapemu, don Antoniuzzu du me cori.

M'haiu a organizzari beni e poi agiri... pirchì haiu a sapiri ogni cosa suprattuttu u nomi di chiddu tradituri omicida...

Mi luvò me patri cu violenza e senza nu mutivu apparenti..

Ma u vegnu a sapiri...

U me pinzeri ...

Ora è chistu e chistu sulu...

Nun mi resta altru da fari ma sulu vendicari me patri e fari giustizia pi mia e a me famighia.)

-        Sante parole... signora mia!

Avete ragione.

Chi può darvi torto?

Ed io vi ammiro e sono con voi.

Quello che volete io faccia lo eseguirò.

Basta che parliate e sarò ai vostri ordini, anche se sono un vecchio rimbambito, la giustizia, la vostra, deve fare il suo corso.

(Santi paroli signuruzza bedda.
Aviti ragiuni.
Cu vi po' dari tortu?
Ed iu v'ammiru e sugnu cu vui.
Chiddu ca vuliti ca fazzu, basta ca parrati e mi mettu e vostri ordini, macari ca sugnu nu vecciu rimbambitu, a giustizia, a vostra, hava a fari u so corsu.)

-        Vendetta... giustizia, chiamatela come volete.
Quell'atto vile compiuto contro mio padre nessuno doveva osare farlo.
Assolutamente.
E chi l'ha eseguito deve pagare e pagherà caramente.
Parola d'onore!

(Vendetta... giustizia!
Chiamatila comu vuliti...
Ma l'attu dill'ammazzatina di me patri nuddu l'aviva a fari...
Assolutamenti.
E l'hava a pagari e la pagherà caramenti.
Parola d'onuri.)

-        Che emozione, signora mia ho provato in questo momento!
Non vi offendete se vi dico una cosa.
Mi è sembrato, dalle vostre parole di ascoltare la voce di vostro padre.
Parlate come lui!
Anche il tono di comando l'avete simile.
Mi avete impressionato.
Ditemi adesso, per caso...
Avete un'idea di chi è stato il traditore?
Non so... un pensiero, una traccia, un orientamento?

(Tal'è signuruzza.... chi spaventu...
Nun vi nichiati si vu dicu na cosa....
Mi parsi sentiri, di vostri paroli, a vuci di don Franciscu.
Parrati comu a iddu!
Puri u so tonu di cumannu aviti!
Mi facistivu impressioni.
Dicitimi... pi casu...
Vui.... haviti n'idea di chistu tradituri.
Chi sacciu... un pensieru ... na pista... n'orientamentu?)

-        Quando arriverà il momento, sarà tutto svelato e ognuno saprà il nome del traditore che pagherà ciò che ha fatto, col suo sangue, sino all'ultima goccia.
Don Antonio, adesso fatemi un favore.
Andate a chiamare don Rosario e riferite che devo discutere di cose importanti.
Fatelo presto, prima che arrivi il buio e ditegli di entrare dalla porta sul retro della casa perché nessuno lo deve vedere.

(Quann'è u mumnetu tuttu sarà svelatu e tutti saprannu cu fu u tradituri, e pagherà cu so sangu...

Don Antoniu... vi dumannu ora u favuri di chiamari don Rusario e dicitici ca c'haiu a parrari di cosi importanti..
Itici prestu, prima ca scura e poi facitilu trasiri da porta d'arrè, ca nuddu l'hava a vidiri.
Hama a fari i cosi cu discrezioni e cummughiati, possibilmente, cu scuru e cu silenziu.
Haiu a sapiri autri informazioni e chiddu è l'unico capu mafia di cui ora mi fidu.
M'ispira fiducia e simpatia.
Sentu ca parrannu cu iddu pozzu approfonfiri megghiu l'informazioni ca mi servanu.
Faciti lestu... e poi rifiritimi a so risposta.)

-        Come desidera voscenza!
Sono qui per questo.
Per fare i suoi comandi.
Vado subito e torno.
Le bacio le mani signora mia.
Toglietemi un'altra curiosità
Dopo la morte di vostro padre... entrando in questa stanza... non vi ho mai visto seduta sulla sedia di don Francisco.
Perché?
C'è forse un motivo?
Vi fa magari impressione sedervi in quel posto che fu di vostro padre, il capo dei capi?

(Comu voli voscenza.
Sugnu cà pi chissu!
Pi fari i so cumanni.
Vaiu subitu e tornu.
Ci vasu i manu signuruzza bedda.
Ma prima, luvatimi na curiosità.
Dopu a morti di vostru patri... trasennu ni sta stanza... nun v'haiu mai vistu assittata na pultruna, chidda pirsunali di don Franciscu.
Era u so puntu di cumannu e vui... nun vi c'haviti misu mai.
Pirchì?
C'è un motivu?
Vi fa forsi impressioni assittarivi nu posto ca fu du vostru papa u capu dei capi?)

-        Per ora lasciatemi in pace don Antonio!
Non mi va di fare questo tipo di discorso.
Ho altri pensieri!
Verrà poi il tempo che potrò sedermi comodamente nella poltrona di mio padre... davanti al suo tavolo.
Per ora è giusto così.
Per questo delitto che la mia famiglia ha subìto, ancora mio padre è come se fosse qui dentro e mi domanda giustizia e vendetta a qualsiasi costo.
Fin quando non arriva questo momento, ho l'impressione che la sua anima non sia serena e vada vagando per ogni stanza.
Quando sarà fatta giustizia l'anima di mio padre, si quieterà e solo allora sarà libera.
Dopo potrò sedermi sul suo posto.

Per adesso è come se ci fosse lui ancora seduto che aspetta...
Come se non avesse lasciato questo mondo, questa terra, questa casa.
Fino a quel giorno neanche per me ci sarà pace.

(Per ora lassatimi stari don Antonio miu!
Nun mi va di fari sti discursi...
Haiu autri pinzeri!
Verrà poi u tempu ca mi pozzu assittari comodamente na seggia di me patri...
davanti u so tavulu...
Per ora è giustu accussì...
Cu stu dilittu c'haiu subìtu, ancora è comu si fussi cà d'intra don Franciscu e mi
dumanna ragiuni e castigu... a qualsiasi costu.
Ed iu chissu cercu....
Finu a quannu nun arriva stu mumentu... mi pari ca iddu nun si quieta e non trova
paci... e mancu iu, nè tutta a me famighia.
Quannu sarà fatta giustizia l'anima di me patri si rasserenerà e volerà in cielu.
Ancora cà a sentu.
Dopu, sì ca mi pozzu assittari o so postu...
Per ora è comu si ci fussi assittati iddu...
Comu si nun avissi lassatu sta terra, stu munnu, sta casa...
Pirchì iddu ... aspetta... sulu giustizia e vendetta.
Finu a chiddu iornu... puri pi mia sarà nu tormentu.)

-        Scusatemi ancora signora mia se sono uno scocciatore nato.
Voi siete ancora giovane...
Perché pensate a queste cose maledette, di sangue, di vendetta...
Lasciatele agli altri questi sentimenti che distruggono il cuore e l'anima...
Voi che siete una brava figliola, l'adorata da vostro padre...
Perché vi fate trasportare da questi sentimenti malefici di distruzione?
Lasciate perdere.
Il vostro animo non è fatto per questi impulsi scellerati e crudeli.

(Mi scusassi signura... si sugnu camurriusu.
Ma vui siti ancora picciotta...
Pirchì pinzati a sti cosi maliditti di sangu, di vendetta...
Lassatili all'autri sti sentimenti ca distruggunu u cori e l'anima e... vui ca siti na
brava figliola, l'adurata di vostru patri...
Pirchì vi faciti trasportari di sti sentimenti malefici e di distruzioni?
Lassati perdiri.
U vostru animu nun è fattu pi sti cosi scellerati e crudeli.)

-        Ora basta, don Antonio.
Così vi ho detto e così dovete fare.
Pensate soltanto agli affari vostri perché il regolamento dei conti quando arriverà,
sarà cieco e si abbatterà violentemente.
Il traditore che sarà scoperto dovrà buttare tanto di quel sangue da lavare la tomba
di mio padre.

(Ora basta don Antonio!

Accussì vi dissi e accussì haviti a essiri.
Pinzati e cazzi vostri pirchì a vendetta quannu arriva diventa, certi voti, orba e poi, a cu pighia, pighia.
U tradituri che sarà scopertu, ietterà tantu di ddu sangu ca hamu a lavari a tomba di me patri.)

Il giovane boss Don Rosario, non se lo fece ripetere due volte quell'invito, per due semplici motivi.

Il primo per l'onore d'essere stato chiamato da una persona importante come donna Samantha, figlia del capo dei capi.

Il secondo perché non nascondeva più, neanche a se stesso, che provava una certa simpatica attrazione per quella donna, che riteneva intelligente, fiera, inflessibile, potente e perché no, anche bella e piacente… tutto sommato desiderabile.

L'inatteso incontro, lo aveva messo in fibrillazione, in allegria e lui che non era il tipo che si faceva trasportare facilmente dagli eventi, in questa occasione, invece, si era voluto mettere il vestito migliore.

Cosa rara. Si era perfino pettinato i capelli che teneva sempre arruffati e disordinati, perché diceva lui, non aveva tempo per lisciarli.

-       Signora Samantha!
A suo servizio sono!
Che cosa posso fare di buono per voi?
Scusatemi ma oggi mi sento particolarmente allegro e felice.
Non so spiegarmelo, ma questa giornata mi sembra più bella e piacevole del solito; sento tanta di quella gioia in corpo che non riesco a contenerla.
Forse sarà dovuto al fatto che lei mi ha chiamato.
Chi lo può dire?
Ed io sono felice quando posso fare qualcosa, particolarmente per lei.

(Signora Samantha!
Al suo servizio sono.
Chi pozzu fari di bonu pi voscenza?
Scusatemi ma oggi mi sentu particulamenti allegru e filici.
Nun mi sacciu spiegari ma a iurnata mi pari più bedda e piacevuli e mi misi tanta cuntintizza in corpu ca nun mi sacciu cuntinire.
Macari è dovuta ca voscenza mi fici chiamari.
Cu u po diri?
Ed iu sugni felici quannu pozzu fari quarcosa pi lei.)

-       Pure a me fa piacere avervi rivisto, anche perché dopo l'ultimo incontro, non ho avuto occasione di ringraziarvi per tutte le belle parole di stima e di fiducia che avete avuto nei confronti di mio padre e miei.

-       Di nulla signora mia.

Proprio nulla.

Quando le parole vengono dal cuore, escono da sole, spontaneamente, come l'anima comanda.

Sono cose che merita...

Non solo perché siete figlia del nostro grand'uomo ma ora, per noi, rappresentate il nostro capo, almeno parlo per me stesso.

Su di voi ripongo grande fiducia.

Siete una gran donna e vi sapete muovere alla perfezione in questo ambiente difficile.

Lo fate con intelligenza e buon senso.

Ditemi come servirvi

(Di nenti signuruzza mia!

Di nenti.

Quannu i paroli venunu du cori, nesciunu suli, spontaneamenti, comu l'anima cumanna.

Sunu cosi ca merita...

Nun sulu purché siti a figghia du nostru grand'homu, ma puri pirchì, rappresentati pi nui, un capu di cui havemu, almenu, parru personalmente pi mia.

Siti na gran donna e vi sapiti moviri nu nostru ambienti cumplicato cu intelligenza e bon senso.

Cosa rara truvari oggi giorno.

Ma dicitimi comu vi pozzu sirviri?)

- La verità è don Rosario, che devo sapere di più sulla morte di mio padre.

Nella mia mente oramai ho solamente un pensiero.

Chiamatela come volete... giustizia... vendetta... pure regolamento di conti.

Non m'interessa... ma devo sapere chi l'ha ammazzato e in quel modo infame e atroce.

Personalmente, rispetto tutti voi che siete stati i capi prescelti da mio padre, ma se me lo permettete, come donna, sento d'avere una marcia in più.

Io possiedo un sesto senso che mi guida e mi fa capire, per istinto, in quale parte devo cercare e dirigermi per stanare il serpente velenoso.

(Don Rosariu!

Iu haiu a sapiri di chiù supra a morti di me patri.

Na me testa oramai haiu nu sulu pinzeri.

Chiamatilu comu vuluti... giustizia... vendetta... regolamentu di conti, nun mi interessa....

Ma mi tocca a sapiri cu è ca l'ammazzò e ni ddu modu infami e atroci.

Rispettu a tutti vui, ca siti i capi prescelti di me patri, ma comu fimmina, mi sentu d'aviri na marcia in più!

Pussedu nu sestu sensu ca mi guida e mi fa capiri pi istintu in quali parti haiu a ghiri e circari.)

- Come volete agire?

Indagare per conto vostro?

Non volete che ci pensiamo noi a rendere giustizia, vendetta?

Lasciateci fare perché noi siamo tanti.

(E chi vuliti fari ora?

Indagari pi cuntu vostru?

Nun desiderati ca ci pinzamu nui a fari giustizia e vendetta?

Lassati fari a nui ca semu in tanti.)

-        Quello che dite è vero, però non avete, sicuramente, lo stesso interesse che ho io.

Per voi tutti potrebbe essere uno dei motivi per dimostrare le vostre capacità...

Per me è questione... diciamolo pure, d'onore, di dignità.... perché un crimine a un capo come mio padre, ripeto il boss dei boss, non può restare impunito.

A chi di voi può interessare quanto me?

Contate attorno a voi le persone.

A molti non riguarda più di tanto sapere come don Franciscu è morto.

Interessa soltanto che è morto.

Perciò devo adoperarmi necessariamente.

(Ma nun siti interessati comu a mia!

Pi tutti vui, putissi essiri nu mutivi pi dimostrari i vostri capacità... ma pi mia è questione dicemulo pure, d'onori, di dignità, pirchì un delittu ad un capu, a me patri, ripetu, un capu famiglia di boss, nun po ristari impunitu.

A chi di voi tutti po' interessari?

Cuntati quanti sunu i pirsuni.

A tanti, nun interessa propriu come don Franciscu morsi.

Interessa sulu ca morsi.

Perciò haiu a sapiri... necessatiamenti di chiù.)

-        Ditemi che cosa fare perché quello che volete, da questo momento, lo eseguirò sino alla fine.

Comandatemi.

Sarò il vostro servo fedelissimo.

Quello che mi direte, solo le mie orecchie lo sentiranno e la mia bocca non le pronuncerà per nessun motivo e con nessun'altra persona.

-        Credo don Rosariu che quel traditore si nasconda in mezzo la nostra famiglia dei boss e sia precisamente tra gli undici capi, voi escluso.

Devo stanarlo e fargli confessare il delitto di mio padre e poi avrà quello che si merita.

Per questo motivo, ho bisogno d'incontrare, in occasione diversa tutti i capi...

Ho però ristretto il mio sospetto su pochi... e su qualcuno in particolare...

Devo parlare con costui... a quattr'occhi e fare in modo che si tradisca e magari confessi il delitto infame.

-        E allora il problema non sussiste.

Tutto quello che voi dite, lo potrete realizzare, in occasione della festa del battesimo di vostro nipote Francesco, il figlio di vostra sorella.

Farò in modo che vengano tutti i boss, nessuno escluso.

Del resto a un invito così importante... in un'occasione per essere insieme, tutti i capi, cosa rara, sono sicuro, nessuno si tirerà indietro.

Verranno certamente.

Tanto più, sarà presente quel vostro sospettato, il quale farà di tutto per nascondersi tra la massa e l'anonimato di quelle persone.
Non oserà rifiutare il vostro invito perché evidenzierebbe una mala coscienza e il timore della vostra persona.
Verrà... verrà!
Anzi, tutti verranno a festeggiare vostro nipote.
Vi sarò vicino.
State tranquilla e se ci sarà bisogno d'essere testimone sarò ben felice di farlo.
Non mi tirerò indietro.
Ditemi donna Samantha non avete altro da chiedermi.
Per voi, pure all'inferno me ne andrei se me lo chiederete.
Ogni volta che vi vedo, vi confesso mi pare di rinascere dentro e mi sento un giovanotto, anche se alla mia età, di sbandate non ne ho più fatte... da qualche tempo.
Il mio cuore si è acquietato, ma ora... non so che cosa gli è preso!
Mia madre, me lo ripete sempre ed è contenta che abbia messo, dice lei, la testa, a buon partito.

-        Andate adesso e grazie per quello che mi avete detto.
Ero sicura del vostro sostegno e della collaborazione.
Appena ci sarà qualche novità vi farò sapere.
La festa sarà tra quindici giorni e il locale per l'intrattenimento dopo il battesimo del piccolo è quello nostro di "Villa Marianna", sul lungo mare.
Lì ci rivedremo tutti e vi raccomando, assicuratevi che i capi accettino perché l'invito da parte mia e della mia famiglia, per questa festicciola, lo riceveranno tutti.
Saremo circa trecento... tanti e forse troppi.
Troppi ... pure per quel vile che pensa di nascondersi nella confusione, tra la gente e l'allegria.
Oramai si sentirà al sicuro e rilassato pensando d'averla fatta franca e d'essere stato il furbastro di turno.
Non sa che io conosco tante cose... tante piccole sfumature che messe insieme, una dopo l'altra, pazientemente e con rigore logico, mi indirizzano verso quel vigliacco assassino.
Spero di avere ragione...
Staremo a vedere.

Il giorno tanto atteso dei festeggiamenti del battesimo arrivò.

Dopo la cerimonia sontuosa in chiesa, con tanta emozione e commozione da parte della famiglia di Samantha che soprattutto in quell'occasione sentiva fortemente l'assenza di don Franciscu, ritroviamo tutti gli invitati rilassati e contenti nel locale per il rinfresco all'aperto, nella grande villa a mare.

Tutti mostravano contentezza e felicità. Non facevano altro, le signore, che complimentarsi con la giovane madre, quanto bello fosse quel bimbo. Dicevano che assomigliava a suo padre e pure alla buonanima di suo nonno.

-        Com'è carino ...
Guardate come sorride!

Sembrerebbe che capisca tutto quello che diciamo.
È furbo e intelligente.
Che bella festa avete fatto donna Filomena.
Cose grandiose.
Ci manca soltanto quel grand'uomo.
Che cosa volete farci?
Vi dovete rassegnare.
Sarà lassù in cielo che ci protegge.

(Che bidduzzu ...!
Traliatilu comu arridi!
Parissi ca capissi tuttu chiddu ca dicemu.
E furbu e intelligenti...
Chi bedda festa facistivu donna Filomenena.
Nun vi risparmiastivu sordi.
Ci mancò, mischneddu, sulu ddu grand'homu.
Chi ci vuliti fari?
V'haviti a rassignari.
È dda supra nu cielu e ni pruteggi...)

-          Certo... certo. Diceva la voce di un'altra inopportuna invitata.
Certamente che ci guarda dal cielo!
Ci mancherebbe altro.
Sarà felicissimo di questo nipotino bellissimo e così cresciuto.

(Certu...certu ... diceva la voce di un'altra inopportuna invitata.
Chiffa nun talia di dda supra?
Ci mancassi autru!
Sarà cuntentissimu di stu niputeddu beddu e accussì granni.)

-          Prendetevi l'aperitivo...
Servitevi! Interruppe quel discorso mamma Filomena.
Riempite la bocca... anzi volevo dire il bicchiere che avete vuoto.
Mangiate.
Prendete tutto questo ben di Dio perché oggi è un gran giorno e dobbiamo essere allegri e felici.
Non pensiamo ad altro.
C'è tempo per ogni cosa e questo è il momento dell'allegria e della gioia.
È vero signore mie?
Parliamo di cose allegre e piacevoli.

(Pighiativi l'aperitivu!
Servitevi - Interruppe quel discorso mamma Filomena.
Riempitevi la bocca... anzi volevo dire il bicchere, che l'avete vuoto.
Mangiate... magiate tuttu stu ben di Dio ca oggi è nu gran iornu e hama essiri filici e cuntenti
Ad autru nun pinzamu!
C'è tempu pi ogni cosa e chistu è u mumentu dill'allegria e da gioia.
E veru signuruzzi beddi?

Parramu di cosi allegri e piacevuli.)

Intanto Samantha, faceva lentamente il giro dei tavoli per salutare e scambiare una parola con quei numerosi ospiti.

Tingeva il suo viso, sforzandosi, per quello che la convenienza di quel momento richiedeva.

Evidenziava più che sorrisi, delle smorfie di sorriso smaglianti, invitanti e accattivanti.

Si aggirava tra quei tavolini mentre tutti quelli erano indaffarati a consumare quell'abbondantissimo buffè iniziale a base di pesce, per finire con i gelati, dolci e torte di tutti i gusti e per tutte le età.

Scrutava, osservava, qualsiasi movimento, come l'acutezza di un'aquila, ciascuno dei presenti.

Notava come si muovevano quegli invitati, come parlavano, con chi discutevano, se gesticolavano.

Dalla natura e dai gesti cercava di capire, possibilmente, cosa dicevano e se bisbigliavano qualcosa che potesse riguardarla o che avesse attinenza su ciò che lei voleva scoprire.

Andava sempre alla ricerca di qualche traccia, indizio, su chi possibilmente e presumibilmente, aveva potuto compiere l'orrendo omicidio di suo padre o magari aver dato mandato di sopprimere don Franciscu.

Lentamente, si spostava con quel suo bicchiere mezzo vuoto, facendo finta di sorseggiarlo, ma gli serviva soltanto per non attirare su di se l'attenzione e scivolare, silenziosa e guardinga, tra quelle persone.

Continuava ad aggirarsi sempre nelle vicinanze di quei boss che, da come affollavano il buffet, sembravano gradire abbondantemente quei cibi, da farne una vera "abbuffata", come se era da un mese che non ingerivano alimenti.

Chi faceva veramente una strage di buone leccornie erano quei bimbi che attorno ai tavoli, s'intrufolavano di prepotenza e afferravano quello che capitava sotto tiro o meglio sotto mano.

Gli altri bimbi cicciottelli erano, come pensabile, i più festosi. Si riempivano la bocca afferrando torte, dolci e quant'altro, con grande avidità non mostrando ritegno alcuno né moderazione.

Erano stati, del resto, evidentemente e palesemente sguinzagliati dai genitori che, da par loro, riempivano quei piatti come se il cibo che arrivava in continuazione e in sovrabbondanza, dovesse finire da un momento all'altro.

C'erano tutti i boss, con rispettive mogli, figliolanza sparsa in ogni dove: Don Pasquale, don Nicolau, don Pepè, don Fifiddu, don Pauluzzu, don Franchineddu, don Santinu, don Cecè, don Rosariu, don Addolorato, don Ciccinu, don Carmelu.

Dislocati nei vari punti di quell'ampio salone con le verande aperte, verso l'esterno, obbligavano Samantha a girare attorno a loro.

La figlia del boss era sempre intenta a carpire qualche mezza frase, qualche intuizione, qualche sottinteso o qualche parola che potesse sfuggire dalla bocca di qualcuno maldestro.

Sino a quel momento nulla di nuovo veniva a galla e tutta quell'allegria evidenziava soltanto come quella riunione assomigliava a una normale festa, simile a tantissime altre, piene di baldoria, caos e spensieratezza.

Anche don Rosario, seguiva con lo sguardo i movimenti di donna Samantha, e lei ricambiava con un lento cenno degli occhi per segnalargli che nessuna novità aveva ancora rilevato.

Passando a stento tra un crocchio e l'altro d'invitati, a un determinato momento, sentì arrivare alle sue orecchie la frase quasi sussurrata che così suonava:

-        Dopo quella grande fatica per togliermi quell'ostacolo, ora se n'è messo di mezzo un altro.
Devo ripetere di nuovo quel lavoro?
Era diventato troppo ingombrante e quando una persona occupa troppo spazio, arriva ad un punto che le cose si devono sistemare per bene, oppure lasciarle perdere.
Però… state zitto per carità!
Vi raccomando!
Non parlate con nessuno, perché in questo nostro ambiente anche le mosce hanno orecchie per ascoltare e poi vanno a riferire.

(Dopo na faticata tanta, pi livarini di 'menzu dd'ostaculu ora si ci ni misi n'autru.
C'haiu a fari arrè e ripetiri ddu stessu surbizu?
Era divintatu troppu n'gombranti e quannu unu pighia troppi spaziu, arriva ad un puntu ca i cosi s'hana sistimari e fari beni o nenti.
Stativi mutu!
Vi raccumannu.
Nun parrati, ca ni stu ambienti, puri i muschi, hanu aricci e scutunu e poi riferisciunu…)

Mentre udiva queste frasi, donna Samantha, guardò dritto negli occhi don Rosario, facendogli capire che aveva captato qualche novità.

Questi, senza farsi accorgere, tra un sorriso e l'altro e tra una frase e l'altra, gettata tra quelli amici ospiti, s'avvicinava poco per volta a Samantha, la quale fece lo scatto di girarsi e di scorgere che, tutto curvato e in modo furtivo, stava parlando don Nicolau con Franchineddu.

Quest'ultimo boss, tutto spaventato, rispose con altrettanto tono sommesso:

-        Per favore, non ditemi più nulla.
Non mi voglio immischiare in questi imbrogli.
Niente so e niente voglio conoscere.
Andatevene e allontanatevi.
Che Dio me le scansi queste vostre confidenze maledette.
Come avete potuto fare queste azioni?
C'è voluto più che coraggio, incoscienza e follia.
Maledetto… maledetto quel giorno.

(Pi favuri nun mi diciti chiù nenti.
Nun mi ci vogghiu mettiri ni sti lazzi.
Nenti sacciu e non m'interesssa sapiri.
Itivinni e alluntanativi…
Scansatini Signuri di sti cunfidenzi maliditti.
Comu putistivu fari certi cosi!
Ci vosi, chiù ca curaggiu, incoscenza e pazzia.
Malidittu… malidittu… ddu iornu.
Comu vi potti veniri in testa?)

-        Che volete…
Questione di convenienza e d'opportunità fu!
Certo… soprattutto di convenienza.
Come dicono certi personaggi importanti "ragioni di stato", insomma esigenze al di sopra della nostra volontà.
D'opportunità e di determinazione.
Eppure, che possiamo farci, questa è la vita!
Oggi a me domani a te.
Questa volta è toccata a quel vecchio bastardo.
La vita così è fatta.
Il coraggio dite?
Me lo sono fatto venire per necessità.
Quante volte ho dovuto sopportare delle cattive azioni e soverchierie.
Voi, don Franchineddu, perché non vi mettere dalla nostra parte?
Con me ci guadagnerete.
Sicuramente.
Quando si magia, si fanno sempre e necessariamente molliche.
C'è cibo anche per le formichine, figuriamoci per i pesci grossi come voi.
Molti amici miei si potranno saziare a volontà.
Ho progetti… grossi… programmi diciamolo pure faraonici… nel mio futuro.
Ancora, ve lo assicuro io… molte altre teste devono cadere.
Così tante che devono dire basta!
Vi consiglio perciò di allearvi con me perché poi, quando i giochi sono fatti, chi rimane fuori andrà a farsi fottere e ci rimetterà pure le penne!

(Chi vuliti…
Questioni di convenienza…
Certu.

Di convenienza.
Comu dicinu certunu pirsunaggi importanti: "Ragiuni di statu" fu!
D'opportunità e di determinazioni.
Ma chista è a nostra esistenza.
Oggi a mia dumani a tia.
Sta vota toccò a chiddu vecciu bastardu.
A vita accussì è fatta.
U curaggiu?
Mu fici veniri pì forza.
Tanti voti m'haviva fattu mali parti e sovercherie.
Ma vui, don Franchineddu, pirchì nun vi mittiti da me parti?
Ci guadagnati cu mia.
Sicuramenti.
Quannu si mangia, sempri muddichi si fanu, e puri i furmiculeddi ponu mangiari,
figuramini i pisci grossi.
Assai amici mia si ponu saziari a vuluntà
Haiu progetti…
Grossi progetti … davanti..
E poi… tu garantisciu iu ca ancora tanti autri testi hana a cascari.
Accussì assai ca hana a diri basta.
Vi cunsighiu di mittirivi da me parti, pirchì poi, quannu i ioca sunu fatti, cu resta fora,
si ni va a futtiri e ci rimetti i pinni…)

-        Cosa andate dicendo don Niculau?
Neanche molto tempo è passato dalla morte del nostro capo dei capi e già voi
andate tramando per spargere altro sangue?
Non siete ancora soddisfatto?
Cercate di darvi una calmata.
Le cose a poco a poco si devono fare.
Col tempo e senza troppa premura.
Si vedrà poi se sarà il caso di fare quest'alleanza.
Per adesso, non è il momento adatto e neanche mi posso impegnare.
Promesse e alleanza, cosiddette "al buio", non ne faccio con nessuno.
Prima devo vederci chiaro.
Ancora abbiamo in sospeso la nomina di donna…
Quella là… insomma.

(Chi diciti don Nicolau?
Mancu tempu ca morsi u nostru capu dei capi e già iti pinsannu a spargiri autru
sangu?
Nun fustivu soddisfattu?
Dativi na carmata.
I cosi a pocu a pocu s'hana a fari…
Cu tempu, senza troppa prescia e poi… vedemmu si hama a fari sta allianza.
Per ora, nun è mumentu giustu e né mi pozzu impegnari…
Prumissi e allianzi o scuru, nun ni fazzu cu nuddu.
Prima c'haiu a vidiri chiaru.
Ancora havemu in sospesu a nomina di donna… chidda ddà insumma.)

-        Che cosa avete visto di straordinario.
Non vi accorgete che niente di nuovo sta facendo quella cosiddetta femmina per la famiglia di Cosa Nostra?
Perciò automaticamente decadrà.
Del resto… una donna è!
Che cosa può fare una donna di buono?
Nulla.
Proprio nulla.
Una vera minchia di nulla.
Ve lo posso garantire io che ho il naso fino.

(E chi ci vidistivu di straordinariu.
Nun vi accorgiti vui stissu, ca nenti sta facennu di novu sta fimmina pa nostra famighia di Cosa Nostra?
Perciò automaticamente decadrà…
Del restu… na fimmina è…
E chi po' fari na fimmina di bonu ni stu munnu?
Nenti.
Proprio nenti.
Na vera michia di nenti.
Vu pozzu garantiri iu ca c'haiu u nasu finu.)

-        Lasciatemi andare don Noculau.
Siete un diavolo tentatore.
Cose veramente infernali avete detto!
Per ora non posso darvi la mia opinione.
Piuttosto premuratevi d'avere altre adesioni di amici potenti del nostro gruppo.
Poi si vedrà…
Intanto lavorate e tramate in silenzio e nella massima segretezza.
Non parlate più perché i muri sentono e poi parlano.

(Lassatimi perdiri don Niculau.
Siti nu diavulu tentaturi.
Cosi veramenti infernali haviti dittu.
Iu, per ora, nun vi pozzu dari risposta.
Chiuttostu premurativi d'aviri altri adesioni di amici putenti du nostru gruppu…
Poi, si vidrà….
Intantu travagliati e tramati… in silenzi e na discrezioni..
Nun parrati chiù ca i muri sentunu e poi parranu.)

Per quelle dannate parole bisbigliate e captate dalle orecchie di Samantha, la donna, ne ebbe un leggero malore e Rosario che si era intanto avvicinato a lei, di corsa, fece in tempo a sostenerla per un braccio e a farla sedere.

Quei due che avevano finito di tramare, assistendo a quella scena, si avvicinarono sorridendo e don Nicolau in particolare, ebbe la sfacciataggine di fare pure una battuta inopportuna:

-        Donna Samatha, vi sentite male nel più bello della festa?

Certamente dopo questi pesanti preparativi adesso sarete sfinita.
Eh... le donne...
Lo dico sempre che sono fragili e delicate...
Dovreste riposarvi e occuparvi di cose più leggere... della casa, dei lavoretti femminili, insomma.
Curatevi e statevi bene.
Mi raccomando!

(Donna Samantha, vi sentite male proprio nu mumentu chiù megghiu da festa?
Certamenti, dopu chisti pesanti preparativi, ora siti sfinita ...
Eh ... i fimmini!
Sonu fragili e delicati...
V'havissivu a ripusari ed occupari di cosi leggere, chiddi da casa, di lavoretti femminili insomma.
Curatevi e statevi bene.
Mi raccomannu!)

-        Scusatemi - rispose Samantha.
Dico a voi don Nicolau ... avrei qualcosa da farvi vedere.
Vi spiace avvicinare dall'altra parte in quella stanza in fondo?
Vorrei dirvi una parolina a quattr'occhi.
Sapete, un vostro consiglio, la vostra buona parola, potrebbero schiarire qualche mia confusione che mi frulla per la testa, di femmina testarda e curiosa.
Voi altri signori... potete rimanere comodamente qui e assaggiare ancora un po' di spumante, un dolcino di frutta marturana, un cannolo di ricotta...
Sono cose freschissime, preparate apposta per quest'occasione.

-        Come volete voi - rispose don Rosariu che aveva già preso con Samantha altri accordi.
Intanto faccio compagnia a don Franchineddu col quale è da molto tempo che non discuto delle nostre avventure passate.
Raccontatemi un poco.
Quell'intreccio amoroso di... com'è finito, bene?
Oppure...

-        Che onore parlare con voi donna Samantha e poi a quattr'occhi! Prese a parlate don Nicolau.
Era un'ambizione che non avrei mai pensato di realizzare.
Ditemi, come ve la state cavando a dirigere questa nostra organizzazione, con teste calde che desiderano comandare e con tante altre che vogliono avere ragione!
Certamente sarà una cosa pesante per una donna come voi... e se voleste lasciare l'incarico di capo dei capi!
Non dovete preoccuparvi perché si trova sempre il vostro sostituto.
State tranquilla non ci vorrà tanto... anzi si può fare presto, prestissimo.
Adesso, cosa state facendo?
Chiudete la porta a chiave?
Volete compromettermi?
Mi fare arrossire.

La mia signora, vedete... si può ingelosire ed io ci tengo a essere onesto, corretto con lei e con tutti.
Ditemi adesso cosa volete chiedermi.

(Chi onuri pararri cu lei donna Samantha e poi a quattr'occhi!
Era un'ambizioni ca nun havissi mai pensatu d'aviri.
Dicitimi comu va stati cavannu a dirigeri sta barracca, cu tanti testi che cumannunu e tutti ca vonu aviri ragiunu!
Certamenti è na cosa pisanti pi una comu a vui... e macari ca vulissivu lassari l'incaricu di capu de capi...
Nun vi preoccupati che si trova u vostru sostitutu...
Stati tranquilla... e prestu...
Chi facistivu?
Chiuditi a porta a chiavi?
Mi vuliti cumpromettiri?
Mi faciti divintari russu na facci...
A ma signora, viditi ca poi.... s'ingelosisci ed iu ci tegnu ad essiri correttu e onestu cu idda e cu tutti.
Dicitimi ora chi mi vuliti dumannari.)

Intanto, don Rosario assieme al dottor Adalberto Frasca de Paolis, si erano nascosti in quella stessa stanza, per ascoltare, d'accordo con Samantha, tutto quello che avrebbe detto don Nicolau, in modo da avere due testimoni.

Samantha riprese la discussione:

-	Ho sentito dire che avete dei progetti ambiziosi don Nicolau?
Voi però mai m'avete informata!
Un capo dei capi come dite voi, deve pur sapere tutto quello che bolle nella pentola in comune... o no!
Eppure di queste vostre ambizioni nulla mi è arrivato all'orecchio con una certa sicurezza, soltanto indiscrezioni .... chiacchiere...
Voi che siete un uomo di mondo sapete bene che le notizie senza volerlo circolano e vanno, dove devono andare.
Raccontatemi queste vostre mire!

-	Che cosa mi dite signora mia?
Male informata siete stata!
Che volete, vada pensando a questi cosiddetti progetti... come dite voi?
Ancora ci sono tante altre cose da fare!
E poi... con la morte di vostro padre siamo tutti frastornati e disorientati come tanti uccellini smarriti.

(Che mi dite, signuruzza bedda?
Mala infurmata siti...
Chi voli ca vaiu pinsannu ai cosiddetti progetti... come diciti vui.
Ancora ci sunu tanti di chiddi cosi da fari....
E poi, ca morti di vostru patri semu tutti frastornati e disorientati ... come tanti uccidduzzi smarriti.)

- Eppure, di voi che siete tanto buono, mi raccontano che nelle donne come me non avete tanta fiducia.
Forse vorreste occupare il mio posto?
Mi fate sorridere...
Mi sembrate comico e pure tragico.
Vi piacerebbe diventare il capo dei capi?
Ammettetelo che vi piacerebbe.

(Eppuri di vui ca siti tantu bonu, mi cuntunu ca ne fimmini comu a mia, nun aviti fiducia.
Chiffà vuliti pighiari u me postu?
Mi faciti puri arridiri...
Mi pariti comicu e tragicu puri.
Vi piaci divintari u capu dei capi?
Ammittitilu... che vi piacissi..)

- Signora mia, delle donne in generale, con tutto rispetto nei vostri confronti non è che abbia tanta fiducia e per dire la verità, donna Samantha, in voi, invece, ne ho tanta.
Ve lo giuro.
Inoltre per quanto riguarda l'ipotesi se mi piace accettare l'incarico di capo dei capi
...
Giacché stiamo parlando di nascosto e a quattrocchi ...
A me non è che piaccia tanto...
È una vera grande responsabilità.
Mi domando come fate voi a sopportarla.
Però... se questo peso voi non ve lo sentite di portarlo vorrà dire che mi sacrificherò per il bene comune.
Dovrete essere voi a dire a tutti che proponete me.
Non voglio intromettermi nei vostri programmi né desidero entrarci.

(Signuruzza mia, de fimmini in generali, cu tuttu rispetto pi lei, nun è ca c'haiu tanta fiducia ma ni vui, donna Samntha, ci n'haiu assai.
Vu giuru!
Poi pi quantu riguarda se mi piacissi accettari l'incaricu di capu dei capi...
Vistu ca parramu ammucciuni, a quattrocchi ...
A mia nun è ca mi piaci tantu...
E na vera responsabilità ... e granni....
Mi dumannu comu faciti a suppurtarla.
Se nun vi sintiti di purtari sta gravizia, sta cruci... voldiri ca macari mi sacrificu iu pu beni comuni.
Però, haviti essiri vui a diri a tutti l'amici nostri ca vuliti a mia.
Iu, ni vostri cosi, nun c'entru e nun ci vogghiu trasiti.)

- Ditemi don Nicolau!
Ci tenete tanto al potere e al comando?

(Ma dicitimi don Nicolau!
Ci tiniti tantu o poteri e o cumannu?)

\-   Che ci tenga …?
Insomma!
Che cosa devo dirle?
Ci tengo come credo tutti gli altri… né più né meno!
Anzi a pensarci bene… magari un pochino di più…
Che vuole signora mia, uno che ha tanta esperienza come me…
Non si può tirare indietro!
Lo confesso.
Ci potrei tenere.
E va bene … lo dico per fare contenta voi.
Ci tengo.

(Ci tegnu?
'Insummma..!
Chi haiu a diri a vossignoria.
Ci tegnu comu a tutti l'autri….
Macari tanticchedda… di chiù…
Signuruzza bedda uno ca c'havi tanta esperienza comu a mia…
Nun si po' tirari annarrè!
U cunfessu… ci putissi tiniri..
A va beh… u dicu pi fari cuntenta a lei.
Ci tegnu.)

\-   Dite … un pochino di più …
Ma quanto di più?

(Diciti… tanticchedda di chiù…. ma quantu?)

\-   Che domande andate facendo?
Vi volete fare pregare?
Sapete bene che queste sono cose molto delicate.

(Chi dumanni mi faciti…
Vi vuliti fari priari…
U sapiti ca chisti sunu cosi dilicati…)

\-   Volete dire poco… fino ad ammazzare?

(Tanticchedda… finu ad ammazzari…?)

\-   Non dite queste cattiverie signora mia.
In questo modo mi fate spaventare.
Sapete bene che nel nostro mondo quello che c'è da fare si fa!

(Nun diciti sti cosi tinti signuruzza bedda?
Mi faciti scantari.
E poi nu nostru misteri chiddu ca c'è di fari si fa!)

-       Come ad esempio sino ad ammazzare... anche un capo... come don Franciscu?)

(Dicu finu ad ammazzari... puri un capu... comu don Franciscu?)

-       Che state dicendo ...
Non sono stato io.
Che cosa credete...
Ve lo giuro.
È capitato così.
Un colpo... dal fucile ... è partito ... per sbaglio... e non so come.
Perdonatemi io niente ho detto.
Adesso me ne devo andare fuori, perché in questa stanza maledetta mi manca l'aria e non respiro.

(Chi stati dicennu...
Iu nun fui....
Chi criditi ...
Vi giuru...
Capitò accussì...
Partiu un corpu... pi sbaghiu... ed iu nun sacciu comu.
Pirdunatimi ma niente dissi!
Ora mi n'haiu a ghiri fora ca ni sta stanza maliditta nun respiru.)

-       Non fate troppe storie don Nicolau perché tutte le porte sono chiuse e ora mi dovete confessare perché avete ucciso mio padre.
Non gridate se non volete dare scandalo e far conoscere a tutti che il traditore, l'assassino spietato di mio padre siete stato voi.

-       Lo state dicendo voi!
Io non l'ho detto e non lo confesserò mai.
A nessuno.
Lasciatemi andare.
Voglio uscire da qui.

Quel malvagio, comprendendo che non aveva via d'uscita, credendo che nessuno stesse ad ascoltarlo, mise in atto, all'improvviso, la sua spavalderia e il suo cinismo facendosi il volto deforme come il demonio, diventando licenzioso e aggressivo.

Sconvolgendosi ancor di più in viso, aggiunse:

-       Chi può credere a voi che siete una femmina maledetta esaltata e sconvolta dalla morte del padre.
Tutti crederanno che volendo voi ad ogni costo trovare un colpevole, avete individuato in me, il capro espiatorio.
Vi compatiranno e diranno che avete perso la ragione, che siete completamente pazza...
E poi perché la fate così tragica?

La morte di una persona, anche fosse quella di vostro padre, alla fine, che può essere?
Ne muoiono tante di persone ammazzate ogni giorno.
Uno in più o in meno!
Nel nostro ambiente… questi sono gli incerti del mestiere.
Però dovete ammettere che sono stato bravo.
Tutto sommato pure rispettoso
Un solo colpo… e diritto al cuore.
Sono stato un maestro….
Del resto io non sbaglio mai.
Ammettete che non l'ho fatto soffrire tanto vostro padre, come invece lui ha tante volte offeso me e la mia famiglia.
Le prepotenze che mi ha fatto, forse lui le aveva scordate, ma io le ho scritte nel mio cuore, con la penna speciale della vendetta.
Diciamola pure tutta…
Mi fa anche gola la nomina di capo dei capi…

Mentre diceva queste cose, avvicinandosi a Samantha con fare minaccioso e folle, con quel volto arruffato e deturpato dall'odio come se volesse strangolarla, uscirono allo scoperto don Rosario e l'Avvocato.

Quest'ultimo disse:

-        Spiacente per voi ma non completerete la vostra opera di omicida.
Avete confessato e noi abbiamo udito tutto.

Don Nicolau, cercò di scappare, ma quando vide che non vi era nessuna via d'uscita si fermò.

E mentre nel salone accanto, tra musica, baldoria, canti e allegria tutti continuavano a festeggiare, con piacevole coinvolgimento, d'un tratto, si sentì un rumore, come d'uno sparo.

Qualcuno degli invitati che udì, in un primo momento, si bloccò all'improvviso, poi pensando che fosse un banale frastuono come tanti altri in quella stanza, riprese normalmente.

Don Nicolau si era suicidato vedendosi scoperto.

Intanto, Don Rasario con i suoi fidati nel frattempo intervenuti, fecero piazza pulita in quella stanza e tutto, in breve, fu messo a posto come se nulla fosse successo.

Il corpo di quel traditore fu trasportato di nascosto, avvolto in un tappeto, mentre nel viso di donna Samantha, strano a dirsi, s'accese, in quell'istante una luce diversa, come di una pace ritornata e una soddisfazione infinita.

Aveva fatto finalmente giustizia e vendicato l'atroce morte del padre. Quando ritornò in mezzo a tutti quegli invitati, qualcuno le disse.

-	Adesso sì che avete la faccia allegra.
Siete tornata a essere quella di sempre.
Ci voleva la festa di vostro nipote per riportare la luce nei vostri occhi.
Bravissima donna Samantha!
Allegra e contenta dovete essere.

-	Ora sì, lo sono veramente – rispose lei con una calma impassibile.
Ora sono in pace con me stessa.

-	E chè?
Signora Samantha invece di ridere state piangendo?
Chista na festa è!
Non un mortorio.

-	Non sto piangendo come credete voi!
Sono queste mie lacrime di gioia.
Adesso sono contenta e anche mio padre lo è.
Da lassù ci segue ed è pure lui soddisfatto.
Tutti adesso lo siamo.
Ve lo assicuro.

La scelta difficile

La fine che aveva fatto quel traditore si diffuse presto in quell'ambente ove apertamente nulla si diceva, ma tutti erano convinti e soddisfatti che giustizia e vendetta erano state fatte e che donna Samantha bene aveva agito.

La sua immagine di donna forte e determinata, si rinsaldò ancora di più dopo quell'avvenimento e arrivò, anche presto, il giorno in cui doveva comunicare, al consiglio dei boss, la sua decisione se restare a svolgere il ruolo di capo dei capi oppure rinunziare.

Quella mattina, in casa sua, tutto era pronto per ricevere quegli ospiti che stavolta, non erano più dodici ma undici perché uno si era comportato peggio di Giuda Iscariota.

Qualche ora prima, Samantha scese in quella stanza, nello studio e andò a sedersi, sprofondando nella poltrona di suo padre.

Emise un respiro di liberazione come se in quell'atto volesse racchiudere tutta la sua vita e dedicarla al ricordo del suo genitore.

Mentre aveva gli occhi socchiusi entrò Antonio, il cameriere fidato di quella casa che, meravigliato esclamò.

\-   Maria Santissima, donna Samantha!
Nella poltrona di vostro padre vi siete seduta?
Sono veramente contento.
Era ora che occupaste questo posto
Oramai il ruolo di capo dei capi vi spetta di diritto.
Nessuno ve lo toglierà.

(Beddamatri donna Samatha!
Na poltrona di vostru patri v'assittastivu?
Sugnu cuntentu.
Era ura che pighiavati stu postu.
Ora u ruolu di capu de capi v'aspetta di dirittu.
Nuddu vu leva.)

\-   Vedremo… vedremo…
Ancora non ho deciso.

(Vedemu… videmu..
Ancora nun haiu decisu.)

\-   Che cosa significano queste parole?
Toglietevele dalla testa.
Oramai circola la voce che a voscenza vogliono eleggere.
E quando arriva un riconoscimento simile non si può rifiutare.

Sarebbe un tradimento morale e vostro padre non vorrebbe, anche se è già soddisfatto per tutto quello che avete fatto per lui.

(Chi significanu sti paroli?
Si luvassi da testa.
Oramai gira a vuci ca a voscenza vonu eleggiri.
E quannu arriva nu riconoscimentu simili nun si po' rifiutari.
Fussi un tradimentu murali e vostru patri nun vulissi, macari ca ora sarà cuntentu di chiddu ca aviti fattu.)

Stavolta, furono tutti puntualissimi quei capi e ancora bisbigliavano in quella stanza, a commento dell'assenza di quel traditore smascherato.

Le frasi che circolavano, erano del tipo:

-        Bene ha fatto donna Samantha.
Così si agisce.
Benissimo si è comportata.
È una vera donna.
Potrebbe fare il capo dei capi senza alcuna difficoltà.
È di polso e ci dà sicurezza e certezza.
Non si lascia sfuggire nulla.
Quel traditore ha avuto quello che si meritava.

(Beni fici donna Samantha.
Accussì si fa!
Giustu si comportò.
È na vera donna.
Putissi fari u capu de capi comu si nenti fussi.
È di pusu e duna sicurezza e certezza a tutti nui.
Non si lassa scappari na musca.
U tradituri ha avuto chiddu ca miritava)

L'avvocato di quel gruppo di potenti capi, riprese il rituale e riepilogò, a voce, la procedura formale per l'elezione del capo.

Anche se a lui era stato detto ufficiosamente che tutti i presenti erano d'accordo nel confermare lei, donna Samantha, come capo dei boss, procedette lo stesso, con le modalità di rito.

Principalmente doveva sentire il parere dei presenti per ufficializzare la proposta e proclamare l'elezione all'unanimità.

Dopo l'espletamento delle procedure iniziali, donna Samantha, a un determinato punto, volle prendere la parola.

Attorno, immediatamente, si fece un riverente silenzio di grande attesa.

Nessuno s'aspettava questa sortita e don Rosario, appena la vide aprir bocca, si era già rattristato, pensando che Samantha volesse dire qualcosa a lui non gradita.

Un presentimento sentiva nel cuore, che comunque gli avrebbe dato dispiacere.

\-   Io sono veramente onorata disse donna Samantha, per la considerazione che avete di me.
Non merito tanto da parte vostra.
Ho fatto solamente quello che sentivo, quello che bisognava e quello che dovevo, per mio padre, per me e per voi tutti.
Don Franciscu mio padre, se fosse oggi con noi, sarebbe felice di vedermi in questo posto che desiderava tanto io prendessi.
Riteneva che le redini di questo clan di amici dovessi pigliarle io.
Non mi sono mai fatta abbagliare dal mio compito, come dite voi, di capo dei capi, perché mi sono sempre sentita al vostro servizio, anche se certe cose, dal punto di vista di chi comanda, spesso si impongono senza aver modo di poterle condividere, né discutere ma eseguire senza aprir bocca.
Questa è la regola nella nostra organizzazione.
Non c'è altro modo di agire.
Non le ho fatti, né inventati io questi precetti entro cui, devo dire la verità, mi sento soffocare e non vivo bene la mia vita.
Ho dimostrato di essere in grado di comandare e di saperlo fare, grazie e soprattutto, al consenso di voi tutti.
Arrivata a questo punto, anche se ciò che sto per dire farà sussultare il cuore di mio padre lassù nel cielo, devo confessarvi che non posso, non desidero accettare quest'ambitissimo compito che mi avete affidato.
Non dovete fraintendermi, perché nessuno meglio di me sa quanto mi è caro questo incarico.
Mio padre capirà, conosce ancora meglio di tutti voi perché io non voglio continuare ad assolvere questo importante compito.
Del resto, guardatevi attorno.
Vedete?
Ci sono tra voi i giovani.
C'è per esempio don Rosario che può portare una ventata fresca di novità.
Potrà, senz'altro, essere degno più di me nell'assolvere questo ruolo con passione, ardimento ed equilibrio.

\-   Davvero!
Disse qualcuno.
Se donna Samantha non può, l'idea di accettare don Rosaio come nostro capo, a me va bene.

\-   A me pure disse un'altra voce.

\-   Anche a me…

\-   Pure a noi.

Insomma, fu quello, un coro di plausi per l'elezione di don Rosario come capo dei capi.

E quando quel giovane baldo prese la parola, concluse.

-       Non pensate che di donna Samantha ve ne siate liberati cari amici miei.
Vi dispiacerebbe se domani e in avvenire la vedrete al mio fianco come mia consorte?

Donna Samantha fece un sorriso finalmente di piacevole rilassatezza, rispose sommessamente con un leggero sorriso:

-       Vedremo…
Vedremo…
Forse….
Chi lo sa!

Seguì un sentito applauso.

La seduta si sciolse e tutto riprese come prima, con nel cuore una speranza in più, per qualcuno di questi personaggi.

Indice